悪霊じいちゃん

風雲録

輪渡颯介

わたりそうすけ

早川書房

悪霊じいちゃん風雲録

目次

登場人物

伊勢次……………薬種屋〈伊勢屋〉の跡取り息子
左五平……………幽霊。伊勢次の祖父
武井文七郎………貧乏御家人の七男
武井十右衛門……幽霊。文七郎の祖父
安兵衛……………酒屋〈相州屋〉の店主
菊左衛門…………太物問屋〈日野屋〉の店主
散哲………………武井家が世話になっている医者
甚五郎……………菓子屋〈筑波屋〉の店主
定八………………〈筑波屋〉の奉公人
多兵衛……………小料理屋〈芳松〉の店主
宗兵衛……………小間物問屋〈河内屋〉の店主
茂左衛門…………紙問屋〈高崎屋〉の隠居

相州屋の幽霊

一

ふっと辺りの気配が変わったように思え、伊勢次《いせじ》はそっと目を開いた。

朝早くから所用で外を歩き回り、昼をだいぶ過ぎた頃にようやく家に帰ってきて、一息ついたところである。部屋に入るとすぐに、壁に寄りかかるようにして座り込み、疲れを癒そうと軽く肩を揉みながら目を閉じた。その途端の出来事だ。

体は動かさず、目だけをきょろきょろとさせて部屋の様子を窺う。先ほどまでと何ら変わってはいないが、少し暗くなったように感じられた。それに辺りが色褪せて見える。伊勢次が今いるのは客間で、床の間には鮮やかな彩色が施された壺が飾られていたが、それがいつもより薄いように思われる。どこかおかしい。

――やけに静かなのも妙だな……。

ここは伊勢屋という、大店《おおだな》の薬種屋である。奉公人が何人もいて、昼間の今は番頭が客の相手をしたり、手代や丁稚が用事をこなすために動き回ったりと、みな忙しく立ち働いているはずだ。実際、目を閉じる前まではそういう声や音が伊勢次の耳に届いていた。しかし今はまったく聞こえてこない。

それにこの店があるのは日本橋の本石町だ。かなり往来の多い通りに面している。たとえ家の中がひっそりしていたとしても、表を行き交う人々のざわざわとした喧騒は必ず耳に入ってくるのだが、それも聞こえてこない。

――こ、これは……。

助けを求めるように、伊勢次は忙しなく目を左右に動かした。やがて吸い寄せられるように、閉じられている襖へと目が向けられた。

その先は仏間として使っている部屋だった。仕事に関わる物が置いてあるわけではないので、昼間に奉公人が出入りすることはない。伊勢次の他に足を踏み入れるとすれば父か母だが、二人とも今日は外に出ている。

しかも、伊勢次はこの客間に入る前に仏間を通り抜けてきている。襖を閉じたのは伊勢次自身だ。だから、今そこが無人なのははっきりしている。

それなのに、伊勢次が見ている前で、襖がゆっくりと開かれていく。

隙間から見える仏間は真っ暗だった。まるで雨戸が立てられているかのようだ。これもおかしい。ついさっき通った時には明るかった。

――ま、まさか……。

襖は人がひとり通れるくらいの幅まで開いたところで止まった。息を呑んで見守っていると、脇から何やら丸いものの先が出てきた。下の方、床から一尺ほどの高さの場所だ。横向きになった人の頭だった。それが少しずつ姿を現してくる。

申しわけ程度に頭に載っている髷《まげ》や、鬢《びん》の辺りの髪は真っ白だ。老人である。襖の陰から、眉、目、鼻と徐々に姿が現れてくる。しかしそこまで見なくても、伊勢次にはその正体が分かっていた。隣の部屋にある仏壇の主に決まっている。昨年亡くなった祖父の、左五平《さごへい》だ。

「ふわぁぁぁ」

伊勢次は座ったまま後ずさりをしようとしたが、後ろが壁だったので下がれなかった。背中を壁に貼りつけるようにして、祖父の幽霊の動きをじっと見守る。

顔がすっかり現れると、今度は筋張った手が出てきた。襖に指をかけ、倒れ込むようにしながら大きく開ける。左五平の幽霊は床に這いつくばっているのだ。

「伊勢次ぃぃぃ」

苦しそうな、掠れた声を出した左五平は、伊勢次の方へと手を伸ばした。宙をつかむような仕草を見せた後で、その手がばたりと下へ落ちる。すると今度は、もう片方の手を伸ばして同じ動きをする。そうしながら左五平は、ゆっくりと伊勢次の方へと近づいてきた。

「ふえぇぇぇ」

伊勢次は情けない声を上げたが、逃げることはできなかった。怖くて足に力が入らないのだ。立つことさえできない。

「伊勢次ぃぃぃぃ」

左五平が再び掠れ声を出した。すでに客間の真ん中は通り過ぎ、次に手を伸ばせば伊勢次の足に届くという所まで来ている。

「ひぃぃぃぃ」

「伊勢次ぃぃぃぃぃ」

骨と皮ばかりの左五平の右腕がゆっくりと持ち上がる。伊勢次に見せつけるように手を一度大きく開くと、五本の指を鉤の形に曲げた。

「伊勢次ぃぃぃぃぃぃぃ」

左五平の右手が、がっ、と伊勢次の足をつかんだ。

「うぎぁぁぁ」

反対側の手を壁に伸ばして支えにすると、左五平はずずっと己の体を起こした。骸骨のような顔を伊勢次のすぐ目の前まで近づける。

「ひぇぇぇぇ」

「伊勢次ぃぃぃぃぃぃぃぃ……」

「にゃぁぁぁ」

「伊勢次……すまんがちょぃと頼まれ事をしてくれんかの」

「じ、じいちゃん……お願いだからもっと怖くないような様子で出てきておくれよ」

伊勢次は左五平につかまれている手をそっと外した。血の通っていない、真っ白で冷たい死人の手だった。

「儂《わし》は幽霊だよ。にこにこしながら出てきたら妙だろうが」

左五平は左手も壁から離し、少し後ろへ下がって胡坐をかいた。微笑みながら己の両手をこすり合わせる。相変わらず血色は悪いが、骨と皮ばかりだった先ほどまでと違い、肉付きの良い手になっていた。骸骨のようだった顔も、いつの間にか福々しいものに変わっている。

生前の左五平は丸々と肥えた爺さんだった。そして長く患うことなく、倒れてからわずか三日ほどで逝った。今、目の前にいる左五平の幽霊は、その亡くなる寸前の頃の姿である。さっきこちらへ迫ってきた時は、伊勢次を怖がらせるためにわざと痩せ細っているように見せたようだ。幽霊とはそんなこともできるらしい。

「そもそも儂が出てきたのは初めてではない。これまで何度も伊勢次の前に現れているじゃないか。今日なんかこれで二度目だよ」

実は夜明け前にも、寝ていた伊勢次の枕元に左五平の霊は出てきていた。その時も今と同じように、腰も抜かさんばかりに驚いている。

「何度出てきても、お前は変わらずに怖がってくれる。せっかくだからと思って、儂もいろいろと出方を工夫しているんだ」

「迷惑だよ」

今朝はとりわけ酷かった。枕元に立っていた左五平は、伊勢次と目が合うと口から血を吐いたのだ。気づくとその血は跡形もなく消えていたから、これも左五平の言う、出方の工夫というやつなのだろう。

「迷惑って、お前……可愛い孫を楽しませてやろうとしている祖父の思いを……」

「じいちゃん……おいらもう二十歳《はたち》を超えてるんだよ。この伊勢屋の跡継ぎで、周りから若旦那と呼ばれる身なんだ」

「うむ。本当にしくじったよ。そんなことになるなら、もう少し厳しく育てれば良かった」

伊勢次はこの伊勢屋の次男坊である。上に徳太郎《とくたろう》という兄がひとりいて、本来はそちらが店を継ぐはずだった。父親の勘兵衛《かんべえ》も、そして目の前にいる祖父の左五平も、そのつもりで徳太郎のことは厳しく躾けたのだ。その分、弟の伊勢次は甘やかされて……と言うか、明らかに手を抜いて育てられてしまった。その方が楽だからである。

弟にはうるさく言わないのに、どうして俺には厳しく当たるんだ。ちくしょう、暴れてやる……などと捻くれることもなく、兄の徳太郎は清く正しく逞しく、たいそう立派な若者になった。ところがあまりにも立派になり過ぎて、伊勢屋よりもっと大きな薬種屋の主に見込まれてしまった。ぜひうちの一人娘の婿に、という話を持ち掛けてきたのだ。

もちろん勘兵衛や左五平は断ったが、お前さんの家にはもうひとり男の子がいるから平気だろう、と押し切られてしまった。かくして徳太郎は伊勢屋を離れ、代わりに弟の伊勢次が跡取りに収まったというわけである。

「そのうちどこかに小さな店でも建てて暖簾分けしてやればいいだろうと思って、お前のことはいい加減に育ててしまったからな。肝の据わっていない、怖がりの大人になってしまった。まぁ、そんなことを今さら言っても仕方がないか。わっはっはっ」

「じいちゃん……笑い事じゃないよ」

左五平もそうだが、とりわけ五年前に亡くなった祖母が伊勢次には甘かった。両親は店の仕事や徳太郎を躾ける方に手が掛かりっきりだったので、伊勢次はほとんど祖父母に育てられたと言っても良かった。絵に描いたような年寄りっ子なのだ。

「お蔭でおいらは今、町内の人から『三文安の若旦那』って呼ばれてるよ」

なお左五平と違い、祖母が幽霊として出てくることはない。成仏したらしい。

「おいらはこの伊勢屋の跡取りとして、今は店の仕事をしっかり覚えなくちゃいけないんだ。だからさ、じいちゃんの頼みを聞いている暇なんてないんだよ」

暖簾分けをした後も、有能な番頭を付けてやれば店はどうにでもなるし、この伊勢屋さえしっかりしていれば幾らでも金の支援はできると考えていたから、伊勢次は薬種屋の仕事のことをほとんど教えられずに育てられてきた。手伝いを命じられることがあっても、せいぜい片付けをしたり、得意先へ遣いに出されたりする程度だった。だから薬のことなどはまったく知らないと言っていい。それがいきなり跡取り息子に収まってしまったので、今になって慌てて仕事を覚えているという始末だった。

しかし、幽霊となった左五平がどうでもいい用事をやたらと言い付けてくるので、それもなかなか叶わないのである。あっちの年寄りが腰を痛めて難儀しているようだから様子を見に行きなさい、とか、こっちの年寄りは連れ合いを亡くして寂しい思いをしているようだから話し相手になってやりなさい、などという頼み事をしてくるのだ。

今日も朝から、村松町の裏店に住む羅宇屋のじいさんの腰に膏薬を塗りに行き、次に体の具合を悪くしたという提灯屋の主の見舞いのために浅草の諏訪町に回り、そこから本所の荒井町へ行って一人暮らしの年寄りの家の庭の草むしりをしてやり、最後に深川の佐賀町で小さな下駄屋の店番をしているばあさんの話し相手をしてきた。そうしてようやく帰ってきて、一息ついたらまた左五平が出てきたのだ。うんざりである。

「じいちゃん、もうおいらに用を言い付けるのはやめてよ」

「そうは言っても、他の者には頼めないからのう」

番頭や手代、丁稚、女中などの奉公人、さらには息子である勘兵衛にも左五平の姿は見えない。死んだ後も霊となって家をうろついていると知っているのは孫の伊勢次だけだ。

そのせいで伊勢次は、父親の勘兵衛や奉公人たちから変な目で見られている。急に「うわっ」とか「ひえっ」などと声を上げたり、誰もいない場所に向かって喋っていたりするからだ。しかも左五平は、伊勢次に説教している勘兵衛の後ろでひょっとこのように口を尖らせたり、舌を出して両手をひらひらさせたりして、こちらを笑わせることも多かった。それが度重なり、今では勘兵衛もすっかり諦めてしまい、あまりとやかく言われなくなっている。

「お父つぁんからは駄目息子だと呆れられ、番頭さんや手代さん、それに近所の人たちからは放蕩息子だと白い目で見られてるんだ。じいちゃんのせいで」

店のことをせずに年じゅう出歩いているから当然だ。しかも親戚に不幸があって急に家を空けることになった、という場所の留守番をすることもあるので泊まりになることもある。じいちゃんの幽霊に頼まれたからだ、と言っても通じるはずがないから適当に誤魔化しているが、どうも番頭たちは、伊勢次は岡場所などへ通っているものと思っているらしかった。

「うむ、儂も若い頃は毎晩のように仲間と遊び歩いたものだよ。そうやって世の中のことを覚えていったんだ。若いうちに遊んでおくのは決して悪いことじゃない。下手に年がいってから遊びを覚えると、加減を知らずに身上を潰すまでのめり込んでしまう、なんてことになりかねないからね。儂の知り合いにもいたよ。若い時は生真面目なやつだったんだ。ところが四十近くになってから悪い女に引っかかってね。女房子供に逃げられ、終いには店も畳んで、どこかへ消えていったよ。そうならないために、今のうちに羽目を外しておくのもいいだろう。構わないじゃないか、放蕩息子と言われたって」

「いや、だから……」

まったく遊んでいないのである。見舞いに行ったり、余所の店の仕事を手伝ったり、留守番をしたり、年寄りの話し相手をしたりと、何ら益にならないことばかりしている。そして、そう仕向けているのは目の前にいる左五平の幽霊だ。

「じいちゃん……とにかく今日はもう駄目だよ。店のことをやらないと」

「まあそんなこと言わずに、老い先短い年寄りの頼みだと思って聞いておくれよ」

「短いどころか、もう終わっているじゃないか」

「ああ、そうじゃったな……」

左五平はふっと寂しげな表情になり、顔を俯けた。しょげ返っている様子を見せている。拗ねた振りをしているだけと分かっているが、それでも伊勢次は何だかとても悪いことをしてしまったような気分になった。

「じ、じいちゃん、ごめんよ。おいら、酷いことを言っちゃったみたいだ」

「いや、お前の言っていることは正しい。儂は死んでしまったんじゃ。儂にはもう『先』なんてものはないんじゃよ」

左五平は悲しげな顔で、力なく首を左右に振った。

「じいちゃん、そんなこと言わないでさ、ほら、ええと……」

伊勢次は言葉に詰まった。幽霊の励まし方が分からない。死者に対して「元気を出しなよ」と言うのはちょっと違う気がする。人生が終わっているのだから「くよくよしても始まらないよ」はまったく意味がない。「生きていればそのうち良いこともあるよ」などと言ったら、それはもう嫌味を通り越して喧嘩を売っているようにしか思えない。

左五平の機嫌を直すには、言うことを聞いてやるしかないのだ。

「……分かったよ、じいちゃん。今度だけだよ」

伊勢次はひとつ溜息をついてから、そう告げた。父親や奉公人からまた白い目で見られることになるが、しょうがない。

「本当かい？」

左五平は上目遣いに伊勢次を見た。幽霊の持つ「恨みがましさ」を宿した目だ。

「も、もちろんだよ。だから、そんな目でおいらを見るのはやめてよ。気味が悪いよ」

伊勢次は少し体をのけ反らせながら言った。たとえ身内であっても、やはり幽霊は怖い。

「本当だな。嘘ではないな」

左五平は上目遣いをやめなかった。それどころか、両手をだらりと前に垂らし、体を左右に揺らしながらにじり寄ってきた。

「や、やめてよ、じいちゃん。う、嘘なんかつかないよ」

「後で誤魔化したりしないだろうな」

「しないよ。男に二言はない」

左五平は首を横に傾げて目を大きく見開き、にたぁ、と笑った。不気味だった。恐らく伊勢次が怖がっているのを分かっていて、わざとやっているに違いない。

「それで、おいらは何をすればいいんだい」

伊勢次は祖父から目を逸らしながら訊ねた。生前から茶目っ気のあるじいさんだったが、幽霊となってからも変わらないというのは困りものである。

「ふむ。実はだね、お前が先ほどまで出歩いていた間に、筑波屋《つくばや》さんが来たんじゃよ」

左五平はまた少し後ろに下がって胡坐をかいた。本来の福々しい顔つきに戻っている。

筑波屋とは、同じ日本橋の鉄砲町にある菓子屋のことだ。贈り物にするような高い羊羹《ようかん》から、四文ほどで買える大福餅、あるいは桜餅といった季節の菓子まで、かなり手広く扱っている大きな菓子屋である。伊勢屋とは長い付き合いがあり、伊勢次も小さい頃から祖父母に連れられてよく訪れていたので、筑波屋の店主の甚五郎《じんごろう》とは顔見知りだ。

「この客間で勘兵衛と喋っていたから、どうしても話が耳に入ってきてしまってね」

左五平はそう言い訳をしたが、嘘に決まっている。相手には自分の姿が見えないから、きっと堂々と客間に座って二人の会話を聞いたに違いない。客間に上げられるような人だけでなく、店の方へ来た客と奉公人が喋っているのも、左五平はよく盗み聞きしている。どこそこの誰それが腰を痛めたとか、庭の草むしりをしてもらいたがっているという話は、すべてそうやって仕入れているのだ。

「筑波屋さんは今、とても困っているらしい。夜中になると家の周りで何者かの足音がするそうだよ。店の脇に狭い庭があって、蔵が建っているだろう。あの辺りだ」

「ううん……泥棒が忍び込んでいるとか」

「筑波屋さんもそう思って、奉公人に見張りを命じたんじゃ。ところが姿を捉えることができない。足音が聞こえたので蔵の後ろへ回ってみると、今度は表側の方から聞こえてくる。そちらへ行くと、裏の長屋へと続いている木戸の方でくすくすと笑うような声がする。長屋に住んでいる者が覗いているのかと思って見に行くと誰もおらず、また蔵の方で音がする、といった具合だそうだ」

「そ、それはまさか……」

伊勢次は顔を歪ませた。泥棒も嫌だが、それよりもっと避けたいもののような気がする。

「もしかして、じいちゃんのお仲間なんじゃ……」

「儂も、筑波屋さんの家の周りをうろついているのはこの世のものではないだろうと思っているよ。しかしまだ、はっきりそうは言い切れない。泥棒がそうやって筑波屋の様子を探ろうとしているのかもしれん。まぁ、その正体についてはお前が行って確かめれば済むことじゃ。心配はいらない。ほぼ間違いなく幽霊じゃ。泥棒と出遭うよりましだろう」

伊勢次はぶるぶると首を振った。

「おいらは身内のじいちゃんが出てきてもびっくりして腰を抜かすんだよ。そんな、余所の家に出る知らない人のお化けなんか見たくないよ。同じ身の上なんだからさ、じいちゃんが行けばいいじゃないか」

「儂はこの家に縛られているようなものだからのう」

左五平は呑気そうな声で言った。

そうなのだ。左五平が現れるのは伊勢屋の中だけなのである。どうやら外へは一歩たりとも出られないらしい。

「筑波屋さんに出ているのが幽霊だったら、お前なら分かるはずだ。この儂が当たり前に見えているのだからな。だが、正体を確かめるだけで終わりじゃないぞ。筑波屋さんが困らないように、足音の主が今後は出ないようにしなければいけない」

「いや、じいちゃん、悪いんだけどさ……おいら、やっぱり家の仕事をした方がいいかな、と思うんだよね。『三文安』の汚名を返上しなくちゃ」

年寄りっ子は三文安い、という言葉は、甘やかされて育ったために我儘だったり、躾がなっていなかったりする、という意味で使われる。

確かに自分は甘やかされて育ったが、決して我儘でも、躾がなっていないわけでもない。ただ人よりちょっと怖がりで、優柔不断で根性もなく、危なくなったらすぐに逃げる癖がついているだけである。だから真面目に家の仕事をやれば、少なくとも「三文安」とは呼ばれなくなるはずだ。代わりに別のあだ名が付けられるかもしれないが……。

「おい、伊勢次。男に二言はない、とさっきお前は言ったはずじゃが」

「うん、言ったよ。でも……」

伊勢次は何とか逃げることはできないものかと必死で頭を巡らせた。本当は、自分は女なのだと嘘をつく……のは駄目だ。じいちゃんとは何度も一緒に湯屋に行った。それなら、身内に不幸があったと言って……いや、そもそも相手は身内だ。だったら……。

「まだ寒いからね。夜中に外で見張りなんてしていたら風邪をひいちゃうよ」

今は春の終わりだ。昼間はともかく、日が沈んでからはまだかなり冷え込む。

「もう少し暖かくなってから行くことにするよ」

姑息な引き延ばしである。当然、左五平は納得しないだろう……と思ったが、なぜか祖父は大きく頷いた。

「うむ。いずれ必ず行くというのなら構わないだろう。実は筑波屋さんの後に、相州屋《そうしゅうや》さんもうちに来てね。こちらもやはり困った様子だった。かみさんが子供を連れて、家から出ていってしまったらしいんだな。実家に帰ったそうだ。こちらから先に片付けるのであれば、筑波屋さんの方は後回しにしてもいいぞ」

「ううん、そっちの方がいいかな」

犬も食わない夫婦喧嘩の仲裁のようだ。正直、嫌である。しかし筑波屋よりはましだ。

それに、これはすぐに片付く話ではないようだ。双方の言い分を聞くために、かみさんの実家と相州屋を何度も行き来することになるだろう。多分、何日もかかる。そんなことをしているうちに、いつの間にか筑波屋の幽霊が出なくなっていた、なんて幸運が訪れるかもしれない。

「よし、おいら相州屋さんへ行ってくるよ。おかみさんがいないと何かと大変だろうからね。戻るように手を尽くしてみる」

「本当だろうね。念を押すが、男に二言はないな」

「もちろんだよ」

伊勢次がきっぱりと言うと、左五平は満足そうに頷いて立ち上がった。伊勢次に背を向け、静かに隣の仏間の暗闇へと歩いていく。

ようやく消えてくれるか、とほっとしながら見守っていると、左五平は敷居を跨いだ所で立ち止まり、伊勢次の方を振り返った。

「そうそう、どうして相州屋さんのかみさんが出ていったのかを教えておかないとな。筑波屋さんの方は家の外、脇の蔵の辺りで足音がするという話だったが、相州屋さんの方は、家の中で足音がするらしいんじゃよ。ところがやはり肝心の、その足音の主の姿が見えない。それで怖くなって、子供を連れて実家へ戻ったらしい。別に夫婦仲が悪くなったわけじゃないよ」

「えっ、ちょ、ちょっと……」

「それでは頼んだよ。ああ、筑波屋さんの方も忘れずにな」

襖が、とん、と小さな音を立てて閉まった。

「ちょっと待ってよ、じいちゃん」

伊勢次は慌てて立ち上がり、左五平を追いかけるように慌てて仏間へと向かった。閉じられたばかりの襖を勢いよく開ける。

仏間の中は明るかった。祖父の姿もない。

伊勢次はきょろきょろと見回した。先ほどまでどことなく色褪せて見えていた周りの様子が元に戻っている。店の方で客と奉公人が話す声や、通りを歩く人々の喧騒も耳に入ってきた。

「じいちゃん……」

伊勢次は呟くと、肩を落として力なく首を振った。

二

相州屋は音羽にある酒屋だ。護国寺のすぐそばということもあり、店の前は人通りも多い。それらの人々に邪魔にされながら、伊勢次は相州屋の前で佇んでいた。

伊勢次は幼い頃から、左五平に連れられてよくこの店を訪れていた。相州屋の店主の安兵衛《やすべえ》と左五平は共に骨董が好きで、あちこちの古道具屋で顔を合わせることが度々あったそうだ。安兵衛はまだ四十代の半ばで、左五平とは年が二十以上離れている。それでも馬が合ったと見えて、すぐに仲良くなったという。

骨董仲間にはもう一人、神田相生町で日野屋という太物問屋を営んでいる菊左衛門《きくざえもん》がおり、三人は互いの家を行き来して、自分が買い求めた道具を自慢し合っていた。それに伊勢次は付き合わされていたのだ。

だから伊勢次は安兵衛だけでなく、相州屋で働いている奉公人たちみなと顔見知りである。遠慮したり、畏まったりする必要はない。「伊勢屋の伊勢次でございます」と笑顔で言いながら戸口をくぐればいい……のだが、まったく足が進まなかった。

——ここのおかみさんは、得体の知れない足音に怯えて出ていったわけで……。

戻ってもらうには、そいつをどうにかしなければならない。それにはまず、足音の正体を確かめる必要がある。左五平の言うように、もしそれが幽霊だったら伊勢次には見えるような気がする。

だが、幽霊だと分かったとして、その後はどうすればいいのか。伊勢次は僧侶や祈禱師ではないのだ。幽霊の祓い方など知らない。できることと言えば、姿を見て怯えることくらいだ。何の役にも立たない。

さてどうしたものかな、と悩みながら、伊勢次は辺りをきょろきょろした。すると、通りの向こうから一人の男が歩いてくるのが目に入った。

刀を落とし差しにした侍だった。明らかに怒気を孕んだ、今にも噛みつきそうな顔をしているので、すれ違う人々があからさまに避けている。

――ああ、武井《たけい》様だ。

これは、いい人に出会ったかもしれない、と伊勢次は頬を緩めた。牛込に屋敷がある御家人の倅、武井文七郎《ぶんしちろう》だ。

武井家は、一応は役に就いているが家禄は低い。言ってしまえば貧乏御家人である。しかも不幸なことに、この文七郎を除く武井家の者はみな体が弱く、一家で風邪をひいて寝込むということが往々にしてあった。

その武井家に出入りしている医者が、よく伊勢屋に薬を買いに来る。病人を診ている最中に伊勢屋まで使いを出し、薬を届けさせるということもあった。たまに伊勢次がその役目をさせられたので、それでこの文七郎のことを知っているのだ。

――うわあ、あまり機嫌がよくなさそうだなぁ。

伊勢次は顔をしかめながら近づいてくる文七郎を見守った。

文七郎は武井家の七男坊だ。貧乏な癖によくそんなに沢山の子供を作ったと思うが、その父親はとうに隠居していて、家督は長兄が継いでいる。下の弟たちはそれぞれ婿入り先を得て家を出ていったが、五男の落ち着き先を見つけたところで縁が尽きてしまった。親類や同僚を見渡してみても、それなりの相手がいなくなってしまったのである。

文七郎のすぐ上の兄の六男が武井家の中でもとりわけ体が弱く、病がちというせいもあった。それでこの六男は、厄介叔父として武井家に居座っている。

困ったのは文七郎だ。順番ということがあるので、先に兄の婿入り先を見つけなければならない。しかしそれは見込みが低そうだ。そうなると文七郎も厄介叔父になるしかないのだが、さすがに二人も無駄飯を食わせるほど武井家は裕福ではない。

仕方がないので文七郎は剣術修業という名目で家を出て、巣鴨にある道場へ転がり込んだ。そこで飯を食わせてもらいつつ、いずれは自分の道場を持つべく、剣技の研鑽に努めているところである。

そういう男なので、当然、強い。機嫌の悪い時には遭いたくない相手ではある。しかし、今はそんなことを言っている場合ではない。何とかうまく説得して、相州屋に出るという幽霊を一緒に見てもらうのだ。金に困っているはずだから、礼金を払うと言えば話にのってくるに違いない。

「これは武井様。珍しい所でお会いいたしました」

文七郎がすぐそばまで近づいてきたので、伊勢次は声をかけながら丁寧に頭を下げた。文七郎はそんな伊勢次の横を勢いよく通り過ぎ、五、六間ほど進んだ所で止まった。

「なんだ、誰かと思ったら伊勢屋の伊勢次か」

振り返った文七郎は、恐ろしい形相で伊勢次の頭の天辺から足先までを睨み回した。

「お前の方こそ酒屋の前で何をしている。下戸の癖に」

「はあ」

やはり虫の居所が悪そうだ。こんな時は回りくどい説得をするより、単刀直入に話を切り出した方がいい。

「実は、この相州屋さんに幽霊が出るという話を聞きまして、それで参ったのでございます。できれば、退治したいと考えておりまして」

「ああ？」

文七郎はそれまで伊勢次へ向けていた表情のまま、相州屋へと顔を動かした。屋根の天辺から戸口の敷居までをじろじろと睨み回す。

「相州屋さんもたいそうお困りのようでして。おかみさんが出ていってしまわれたとか。それで何とかしてあげたいと考えて参ったのですが、いかがでしょう、武井様もご一緒に」

「ふん、こんな店に出るのは、どうせどこかの飲兵衛の幽霊だろ。放っておけ」

「そうおっしゃらずに。実は菓子屋の筑波屋さんにも怪しいものが出るという話がございまして、そちらにも行かねばならないのですが、とても私ひとりの手には負えません。もしご一緒してくださるのなら、お礼を差し上げたいとも考えておりますが……」

「銭なら喉から手が出るほど欲しいが、残念ながら先にうちの悪霊を何とかしなければならないのでな。飯が不味くて敵わん」

文七郎はくるりと踵を返し、再び足早に歩き始めた。伊勢次は呼び止めようとして声をかけたが、文七郎の姿はあっという間に遠ざかっていった。

──飯の味が変わったのか。武井様も大変だな。

小さくなっていく文七郎の背中を見守りながら、伊勢次は深く同情した。実は、文七郎は「同じ目に遭っている仲間」なのである。文七郎はそのこともあって家を出たのだが、今でも何か用があると食い物の味を不味くすることで知らせ、呼びつけるらしい。

──うちのじいちゃんと違って、あっちは甘くないからな。

お気の毒に、と思いながら文七郎から目を離し、伊勢次は相州屋へと顔を戻した。

何度も訪れている場所であるが、どことなくこれまでとは雰囲気が違って見えた。左五平から足音の話を聞いているから、ということもあるが、それだけではなかった。得体の知れないものが潜んでいる、という気配が、ひしひしと感じられた。

入ろうか、それとも逃げてしまおうかと悩みながら、そのまま四半時あまりも相州屋の前をうろうろし、日が傾くに及んで伊勢次はようやく店の中へと足を踏み入れた。


ちょうど店仕舞いで忙しい時分だったので、伊勢次は奥の部屋に通され、しばらくの間たったひとりで待たされることとなった。落ち着かない様子で、きょろきょろと部屋の中を見回す。

一応は床の間のある客間なのだが、箪笥や行李などが置かれている。相州屋はさほど大きくはないので、日頃は居間として使っているのだ。火鉢や行灯もある。

床の間へ目を移した。まず、真ん中に置かれている大ぶりの壺が目についた。高さ一尺半ほどの、何の文様もない茶色い壺だ。伊勢次は幼い頃から祖父に付き合わされて一緒に古道具屋を巡ることがしばしばあったが、自身はまったくこの手の物に興味がない。だから、もしかしたら値の張る素晴らしい壺なのかもしれないが、「面白くもない壺だな」と思っただけだった。

その隣にひと回り小振りの、蓋の付いた壺が置いてあった。白磁で、花の絵が赤や黄で色付けされている。こちらの方が見る分には面白かった。沈香壺というやつらしい。香木を入れ、香りを楽しむための壺だ。

その横には木彫りの布袋様の置物があり、さらに虎や狸の置物、観音像と続いている。端の方には蓋のない箱があり、中に根付や印籠、刀の鍔などが並べられていた。

――相変わらずごちゃごちゃしているなぁ。

伊勢次は何度もこの部屋に入っているが、いつもこんな具合だった。裏に蔵があるのだから少し片付けてすっきりさせればいいのに、と思う。ただ、前に来た時と置かれている物が違うので、入れ替えてはいるようだ。きっと相州屋の安兵衛は、こういう風に沢山の骨董に囲まれているのが好きなのだろう。

伊勢次は目をわずかに上げた。床の間には鶴の絵の掛け軸も飾られていた。手前に大きく松の木が描かれており、その向こうは雪景色が広がっている。その雪の上に、二羽の鶴が佇んでいるという絵だ。とても縁起が良さそうである。

――でもこれ、正月の絵だよな。

今は春も終わりに近づいて、夏を迎えようとしている時期だ。もちろん、おめでたい絵だから一年じゅう飾っていても構わない。しかし、相州屋さんはこの手の物を沢山持っているだろうから、入れ替えてもいいんじゃないかな、などと考えながら、伊勢次は目を横に動かした。

違い棚があり、螺鈿《らでん》の施された文箱が置かれていた。その棚の下には地袋があり、その上にも狸の置物やら、煙草入れやら、茶器やらが無造作に置かれている。袋戸が閉まっているので地袋の中は見えないが、きっとそこにも色々と詰まっているのだろう、と伊勢次は思った。

ひと通り部屋の中を見回してみたが、雑然としているだけで、この世ならざる者の姿などどこにも見えなかった。耳も澄ましてみたが、安兵衛や奉公人たちが店仕舞いのために動いている音がするだけで、出所の分からない足音は聞こえなかった。

――ううん、でも、何かいると思うんだよなぁ。

そいつは動き出していないだけで、きっとどこかで息を潜めている。そんな気配がひしひしと感じられた。

――出てくるなら、お天道様が顔を出しているうちにお願いしたいんだけどな。

次第に薄暗くなっていく部屋の中で、伊勢次は焦りを感じ始めた。他の部屋も見て回りたいが、さすがに勝手にうろつくわけにはいかない。そもそも、ひとりで行くのは怖い。

早く誰か来ないかな、と苛々しながら待っていると、ようやく安兵衛が部屋に入ってきた。

「来ると分かっていたなら、伊勢屋さんのを飾っておいたのに」

祖父の左五平と違って、父親も兄も伊勢次も、骨董の類にはまったく興味がない。だから左五平が亡くなった後、その手の遺品は骨董仲間だった安兵衛と菊左衛門に形見分けで譲ったり、買ってもらったりしていた。安兵衛はそのことを言っているようだ。

「いえ、祖父の物は私も見たことがありますから。ここに並んでいるのは初めての物ばかりなので、面白く拝見しておりました」

伊勢次はにっこりと笑いながら、目を再び床の間の方へ向けた。とうに二十歳を超えているので当たり前だが、祖父が相手ではない時の伊勢次の喋りや物腰はまともである。

「ああ、そこに置いてあるのはみな、福屋《ふくや》っていう知り合いの鰻屋から買ったんだ。商売を畳んで故郷《くに》へ帰るって言うんでね。大した物はないと思ったんだが、古道具屋に安く買い叩かれたら気の毒なので、餞別のつもりで金を出したんだよ。ところが、日野屋さんに見せたら羨ましがられてね。言い値でいいからぜひ譲ってくれと頭を下げられた。どれか一品を、というわけじゃなく、ここにあるのをすべて買うって言うんだ。ま、もちろん断ったけどな。けっ、ざまあみろってんだ」

安兵衛は胸を張った。日野屋の菊左衛門と安兵衛は骨董好きの仲間ではあるが、反りが合わないというか、どちらが良い品を手に入れるかで互いに張り合っている面があった。ただ日野屋は、相州屋や伊勢屋とは比べものにならないほど商売が繁盛している大店で、主の菊左衛門は欲しい物は金に糸目を付けずに買い求めていた。だから張り合ったところでたいていは安兵衛の負けになる。それだけに、この福屋の品々で羨ましがられたことは、安兵衛にとっては大変に嬉しいことだったようだ。

「はあ、それはようございました」

伊勢次は笑みを浮かべながら頷くと、「ところで、小耳に挟んだのですが……」とすぐに話題を替えた。そうしないと延々と壺や掛け軸などの話か、もしくは菊左衛門の悪口を聞かされると思ったからだ。

「……なんでも、この家で正体の分からない足音が聞こえるらしいではありませんか」

「ああ、そのことか。親父さんに聞いたのかい」

「はい、まあ」

正しくは安兵衛と父親が話しているのを盗み聞きした祖父から聞いたのだが、いちいち説明するのは面倒だし、信じてもらえるはずもないので誤魔化した。

「そのせいで、おかみさんが出ていってしまわれたとか」

「うむ、子供を連れて実家へ帰っちまった。しかしうちの女房が気味悪がるのも無理はない。足音は聞こえても、その正体がまったく分からないんだからな。音は確かにしているんだ。しかし、その出所がつかめないんだよ。俺や店の者たちが幾ら調べ回っても駄目だった。これは化け物や幽霊の類に違いないよ」

「それなら、例えば僧侶を呼んで経をあげてもらうとか、祈禱師のような人にお祓いを頼むとか、そういうことはされたのでしょうか」

安兵衛は苦笑いを浮かべながら頭を掻いた。

「いやあ、してないよ。化け物や幽霊の姿を見たわけじゃない。ただ足音がするだけのことだ。それであまり大袈裟に騒ぐのもどうかと思うのでね。そこまでしておいて、もし後になってから、実は違う何かが足音のように聞こえていただけでした、なんてことになったら格好が悪い」

男の見栄というやつか。しかしそれで女房子供に逃げられていては世話がない。

「相州屋さんのおっしゃることも分かります。しかしおかみさんがいないと困るでしょう。やはりその足音の正体は確かめねばなりません」

「だから、俺たちが幾ら音の出所を探っても分からなかったんだよ」

「相州屋さんにいる人たちではなく余所の者が調べてみると、案外あっさりと原因が分かる、などということがあるかもしれません」

「それはどうかな。まぁ余所の人に確かめてもらうというのもひとつの手だとは思うが……しかしそんなことを頼める人なんて、そうそういないぞ」

「はい。そこででございますが……いかがでしょう。この私が確かめてみるというのは」

「ええっ、本当かい？」

安兵衛は伊勢次の顔を見つめた。驚いているというより、不思議がっているという感じだ。

「お前さんのことは小さい頃から知っているが、怖がりで、特にお化け話みたいなものは泣いて嫌がるような餓鬼だったと思うんだけどな」

その通りである。正直、今でも苦手だ。

「……子供の頃はそうでしたが、大人になってからその手の話がとても好きになりまして。それで、謎の足音をこの耳で聞いてみたいと思って参ったのです」

「ふうん。人ってのは変わるもんだねぇ。怖くないのかい？」

「もちろんでございます」

伊勢次はにっこりと笑って頷いた。大人になっても怖がりなのは変わっていないが、嘘や誤魔化しはうまくなったな、と我ながら思った。

「ご迷惑かと思いますが、ぜひお願いします」

「構わないよ。まったく迷惑じゃない。どうぞ泊まっていってくれ」

「いえ、そこまではしなくても平気でしょう」

とりあえず今日のところは足音の正体を確かめるだけでいい。もしそれが幽霊だったら、いったん引きあげて、後で策を考えるつもりだ。

「足音を聞いたら私は帰りますので」

「残念ながら、音がするのは夜中なんだよ。だから聞きたいなら泊まらないと駄目だ」

「は、はあ……左様でございますか」

参った。初めて泊まる余所の家で見知らぬ幽霊に出遭うのは怖い。

やめた方がいいだろうか、と伊勢次は迷った。しかし安兵衛や他の奉公人たちもいるのだから、とすぐに考え直した。

「それでは、ご迷惑をおかけしますが、一晩お世話になることにいたします」

「ああ、遠慮しないでくれ。昔から知っている左五平さんの孫で、しかも伊勢屋の跡取り息子だ。悪さはしないと信用できる。誰もいないけど、家の中は好きに見回ってくれて結構だ」

「は？」

伊勢次は、安兵衛の顔をまじまじと見つめた。今、何か妙な言葉が耳に入った気がする。誰もいない、と言われたような……。

「……あの、こちらで働いている皆様は、いつも二階で寝ているのでしょうか」

「いや、長く勤めてもらっている年が上の方の連中はみな通いだ。かみさんがいる者は一軒家を、独り者は近くの長屋に部屋を借りて住んでいるよ。住み込みで働いている小僧が一人いるが、うちの女房と同じで、足音を嫌がってね。今は長屋に住んでいるやつの住処《すみか》に転がり込んでいる」

「で、でも、相州屋さんはいらっしゃるでしょう」

「俺だって足音が気味悪いからな。女房の実家に寝泊まりしているんだ。町内の古着屋の娘だから、ここから大して遠くないんだよ」

「へ……へえ」

別に夫婦仲は悪くなっていないようだ。思っていたのと違い、まったく困ってはいない様子である。それなら、こんな場所にひとりで泊まることはない。今日は帰ってしまおう。じいちゃんも分かってくれるはずだ……と伊勢次が考えていると、店の方にいた奉公人から安兵衛へ声がかけられた。どうやら店仕舞いが済んで、奉公人たちはそれぞれの住処へと帰るところらしかった。

安兵衛が中座して店の方へ行った。しばらくして戻ってくると、手に袋を提げていた。

「一日の売り上げは、こうして袋に入れて女房の実家へ持ち帰るようにしているんだよ。骨董品も、値の張る物は裏の蔵に入れて錠をおろしてある。だから、盗人が入ったらどうしようなどと気を張ることはないからな。火の元だけ気をつけてくれれば、後は気楽に過ごしてくれて結構だ。晩飯を食いに出る時は裏口からそのまま出入りしてくれればいい」

「ああ、いや、その……」

「裏口を出るとすぐに木戸がある。そこを抜けると裏の長屋だ。厠《かわや》はそこのを使ってくれ。長屋の木戸口は夜の四つに月番の者が閉めちまうから、締め出されないようにしろよ」

「いえ、今日のところは私も……」

「何のお構いもできないが、その代わり店の方にある酒は好きに飲んでくれて結構だ。ひとりで飲める量なんてたかが知れてるからな」

「私は下戸ですから……いや、そうじゃなくて……」

「じゃあ、俺は女房の実家へ行くから。ああ、布団は二階にあるのを勝手に使ってくれ」

「あ、あの……」

安兵衛は、店の方とは反対側の襖を開けて客間を出た。足音が裏口の方へ向かっていく。

「ちょ、ちょっと待って……」

安兵衛を引き留めようと、伊勢次は慌てて立ち上がった。ところが長く座っていたために足が痺れていた。よろけて床の間の茶色い壺に手が当たる。幸いすぐに押さえたので倒さずに済んだが、そのせいで安兵衛を追いかけるのが遅れてしまった。

伊勢次が裏口へ辿り着いた時には、もう安兵衛の姿はなかった。

三

——たとえ笑われたとしても、帰った方が良かったよなぁ……。

行灯を点した部屋の中で、伊勢次は己の優柔不断さに呆れていた。

安兵衛のかみさんの実家は町内の古着屋だと分かっているから探し出すのは難しくない。そこを訪れて、やはり今日は帰ります、と告げようと何度も考えた。しかし伊勢次には、根性なしの癖に見栄っ張りな面があるので、今さらそんなことをすると、やはり怖いんじゃないか、と安兵衛に笑われるのではないか、と躊躇《ためら》った。それで迷っているうちに、夜の四つを過ぎてしまったのだ。

すでに裏長屋の木戸口は閉められている。明日の朝になって再び開けられるまで、伊勢次は帰ることができなくなった。もちろん相州屋の表戸から出ることはできるが、内側から閂を通す仕組みになっているので、そうすると戸締りができない。盗人が入ったらどうしようなどと気を張ることはない、と安兵衛は言っていたが、さすがに表戸を開けたまま帰るのはまずい。

――朝までここで、たったひとりで過ごすことが決まったのか……。

動けるのは相州屋の中と、裏長屋の敷地内だけだ。

伊勢次はぶるぶると大きく身を震わせた。怖いから、というのもあるが、寒さのせいでもあった。いつでも逃げ出せるように、裏口の戸を開けっ放しにしているのだ。いざとなったら裏長屋の住人に助けを求めればいい、という安心のためだが、風が入ってくるのが困りものだ。

――さて、と……寝ちまおうかな。

夜具に包まって、耳を塞いで目を閉じる。そうして眠りに落ちるのを待つのだ。

それがいい。足音に気づかなかった、ということにするのが一番だ、と考えながら、伊勢次は立ち上がった。台所で見つけた蠟燭に行灯から火を移し、それを持って客間を出る。

この相州屋は、表通りに面した側から見ると、まず店の土間と帳場があり、その奥が客間、続けて住み込みの小僧が使っていたと思われる三畳の小部屋があった。小僧は今、相州屋の別の奉公人が住む長屋に寝泊まりしているという話だったが、布団などは持っていったようだ。三畳間には何もなく、がらんとしていた。

小部屋の横は板敷きになっており、二階に上がる梯子段があった。板敷きの先が台所の土間で、裏口もここにある。

伊勢次は梯子段の下に立ち、蠟燭を掲げて二階を見上げた。当たり前だが、暗い。そして、怖い。物音は聞こえないが、何かが潜んでいるような気がしてしまう。

「ええ、ごめんなさいよ。布団は二階のを勝手に使えって言われているものですからね」

恐ろしさを紛らわせるために、そんなことを喋りながら梯子段に足をかけた。踏板が軋む音がするたびに、「いやあ、うるさくして申しわけありませんね」などと口にしつつ上がる。

二階には部屋が二つあるようだ。襖が閉められているので奥の部屋がどうなっているのかは分からないが、手前側の部屋の壁際に鏡台や行灯が置かれているのが見えた。かみさんの実家に厄介になるまでは、夫婦と子供はここで寝ていたようだ。

部屋の隅に布団が畳まれて、屛風で囲いがしてある。安兵衛たちが使っていたものだろう。

――これで寝ろってことかな。あるいは他にも布団があるのか……。

伊勢次は閉じられた襖へと目を向けた。隣の部屋に入るには、これを開けねばならない。

――こういう時が一番怖いんだよな。

いきなり目の前に青白い顔をした女が立っていたらどうしよう、などと考えてしまう。

「ええと、開けますからね。驚かさないでくださいね」

誰もいないはずの襖の向こう側へと声をかけた。耳を澄まし、足音などの気配がないのを確かめる。それから精一杯腕を伸ばして引手に指をかけ、何かがいたらすぐに逃げられるように半身《はんみ》になりながら襖を開けた。

にこにこと笑いながら座っている、真っ黒い人が正面にいた。伊勢次は「うわっ」と大きな声を漏らした。逃げようとしたが、慌てたせいで足がもつれ、転んでしまった。

幸い、蠟燭の炎は大きく揺らいだだけで消えなかった。横座りのような形になった伊勢次は、怖さで歯をがちがちと鳴らしながら、蠟燭を掲げて黒い人影の正体を確かめた。

大きくて立派な大黒様の置物だった。

——まったく、これだから骨董好きの人は嫌なんだ。

小さい頃、祖父が買った狸の置物にびっくりして泣いたことを思い出しながら、伊勢次は奥の部屋を見回した。誰もいないことを確かめてから立ち上がる。

その部屋には他にも安兵衛が買い求めたらしき骨董が幾つか置かれていた。隅の方には布団や掻巻《かいまき》が畳まれ、積み重ねられている。結構な数があるところを見ると、今は自分で住処を借りている奉公人たちも、ここに住み込んでいた時期があったのだろう。

伊勢次は手前側の部屋にあった行灯に火を点し、蠟燭を消した。それから奥の部屋の布団を運んできて敷いた。

——さて、後は寝るだけだが……。

まったく眠くなかった。目もそうだが、耳もやけに冴えている。いつもならまったく気にしないような、例えば裏長屋の住人が厠へ行く時に立てるわずかな音まで聞こえるようになっている。

——こんな場所にいるのだから当たり前だが、どうしたものかな。

伊勢次は足音の正体を確かめるためにここに泊まっている。しかし、すでにそうする気持ちは消え失せていた。考えているのは、いかに今夜を何事もなくやり過ごすか、という点だけだ。できれば、どんな大きな物音にも気づかないほどぐっすりと眠り込んでしまいたい。

——確か、店にある酒は好きに飲んでいいと言われたな。

下戸であるが、それゆえにほんの少しの酒がやたらと効く。軽く口にするだけで眠気が襲ってくるに違いない。

客間の行灯が点けっ放しなので、いずれにしろいったん一階へ下りなければならない。そのついでに酒も頂こうと考え、伊勢次は再び梯子段へと向かった。客間の明かりがあるので、二階へ上がった時と比べると下りるのは怖くなかった。

裏口に置いてあった自分の履物を手に取り、それを手に三畳間、客間、帳場と通り抜けた。店の土間へ下り、酒樽や菰《こも》樽が並んでいる端の方へと向かう。

——おや？

柄杓を樽に突っ込み、置いてあった枡へ酒を汲もうとした時、伊勢次の耳に妙な音が届いた。それまでたまに聞こえていた、裏長屋の住人が立てる音ではなかった。もっと近い所で音はした。明らかにこの相州屋の中からだ。

伊勢次は体を強張らせながら耳を澄ました。音はまだ続いている。

——畳を踏む音だ……どこだ？

目をゆっくりと家の奥へと向けた。すべての襖を開け放ったままでいるので裏口まで見通せる。音がしているのは、先ほど通り抜けたばかりの客間の辺りのようだ。しかしそこには誰の姿もない。安兵衛など相州屋の人々と同じで、伊勢次にも足音の主の正体は見えないのだろうか。

――いや、そう考えるのはまだ早い。

ここからは見えない、端に寄せてある襖の陰で足音はしていた。そちらには床の間があるが、その前を何者かがうろうろしている気配が感じられる。

安兵衛は、幾ら調べ回っても足音の出所がつかめないと言っていた。だが今の伊勢次は、はっきりとその場所を捉えている。やはり他の者よりもその手の力が強いらしい。

――それなら、歩いているやつの姿まで見えるかもしれないが……。

それは御免だな、と伊勢次は思った。幾らでも逃げられる広い場所ならまだしも、こんな狭い家の中で他人の幽霊になど遭いたくはない。

伊勢次は目を客間の方へ向けたまま、静かに酒樽から離れた。襖の陰にいる者に気づかれないように、ゆっくりと店の表戸へ近寄っていく。そこから外へ出るつもりだ。

ちらりとだけ戸を見て閂の場所を確かめ、すぐに目を戻す。足音の主はまだ床の間の前の辺りを行ったり来たりしている。

後ろ手にそっと閂を外す。音を立てないようにするのは至難の業だったが、何とかやり抜いた。

続いて、今度は表戸を開けようと試みた。しかしなぜか動かなかった。やや力を込めてみると、戸がかすかに傾いた。どうやら、かなり建て付けが悪いようだ。

後ろ手では十分に力が入らないので、仕方なく伊勢次は戸の方を向いた。客間には背中を見せる形になる。背筋がぞくぞくした。

音を立てないよう心持ち戸を持ち上げるようにしながら、少しずつ戸を動かす。初めはうまくいっていたが、五寸ほど開いたところで何かに引っかかって止まってしまった。この隙間では通り抜けられない。

伊勢次はいったん動きを止め、首を巡らせて背後を見た。足音の主はまだ襖の陰から出てきていない。

顔の向きを表戸の方へ戻し、思い切ってぐいっと腕に力を込めた。その途端、ぎぎぎっ、と耳障りな軋み音を響かせながら、一気に戸が動いた。

戸が開き切って止まり、辺りに再び静寂が広がった。何の物音も耳に入ってこない。あの足音すら止まっている。伊勢次は、恐る恐る後ろを振り返った。

襖の陰から女が覗いていた。顔をまっすぐに伊勢次へと向けている。髷は結われておらず、女は振り乱した長い髪を顔の前に垂らしていた。しかしすっかり覆っているわけではなく、目や口が見え隠れしている。

いや、本来なら目や口があるはずの場所が、と言った方が良かった。まず、目の部分はぽっかりと空いて、黒い穴になっている。そして口は……なかった。髪に隠れてよくは分からないが、下顎がないように見える。半ば朽ちた死体のように思えた。

「ひぃ」

甲高い声を漏らして、伊勢次は後ずさりした。足が敷居に引っかかって尻餅をつく。

女が襖の陰から出てきた。目はただの穴なのに、なぜかまっすぐに伊勢次を見据えている、と感じられた。

「ちょ、ちょっと待って……」

こちらに向かって歩いてきそうな様子が見えたので、伊勢次は震える手を前に出して女を押し留めようとした。しかしそんな言葉を聞くはずはない。女は伊勢次の方へと向かって足を踏み出した。

「ふえええぇぇ」

伊勢次は情けない声を出しながら体の向きを変えて店の表へと出た。慌てたために敷居に蹴躓いてつんのめってしまったが、四つん這いのまま相州屋から離れた。

四

「おっ、なんでぇ。こんなやつがうちで働いていたかな、と思ったらお前さんか。悪いねぇ、伊勢屋の若旦那にそんなことをさせちまって」

夜が明けてしばらく経った頃に伊勢次が相州屋の前を箒で掃いていると、様子を見に来た安兵衛がそう声を掛けてきた。

「いえ、ひと晩泊めていただいたお礼です。気になさることはありません」

伊勢次は微笑みながら答える。

昨夜、伊勢次は四つん這いになりながらも犬も驚く速さで相州屋から逃げ出した。しかし表戸を開けたままで離れて、万が一、盗人でも入ったらまずいと思い返し、月明かりの下でかろうじて相州屋が見える所まで戻ってきた。そして、その場で辺りを忙しなく見回しながら一夜を過ごしたのだ。幸い女が店から出てくることはなかったし、盗人が忍び込むこともなかった。伊勢次が再び相州屋に近づいたのは、空が白々と明けて納豆売りや蜆売りの声が町に聞こえ始めた頃だった。おっかなびっくり中を覗くと、もう女の姿はなかった。

それでもすぐには入らずに店の前に佇み、振り売りや仕事先に向かう職人などの姿が通りに見えるようになってから、やっと足を踏み入れた。

店の土間から覗いた限りでは、相州屋の様子は昨日のままだった。違うのは女がいないことだけだ。しかしどこかに潜んでいたら怖いので、伊勢次は店の奥までは上がらなかった。客間を確かめるのは相州屋の者たちが来てからと考えたのだ。

それまで何もせずにぼうっと店の出入り口に突っ立っているだけでは近所の人たちに怪しまれてしまいそうなので、伊勢次は土間にあった箒を手に取り、店の前を掃きながら待った。そうして今、ようやく安兵衛が現れたところである。

「ほほう、余裕があるねぇ。こいつは見くびったなぁ。いや実はね、怖くて逃げ出したかもしれないな、と思いながら来たんだよ。表戸を開けっ放しにしたままでさ」

「いやぁ、まさかそんなことはしませんよ。ははは」

さすが安兵衛、子供の頃から自分を知っているだけのことはある。少し冷やりとしたが、顔に出さないよう、伊勢次は大声で笑って誤魔化した。

「なるほど、戸締りが心配だから、こんなに早くにいらっしゃったのですね」

「なに、軽い冗談だよ。朝飯を食ってもらおうと思って呼びにきたんだ。女房の実家の方に支度がしてある」

「それはありがとうございます。喜んで頂きますが、その前に……足音の主が分かりましたよ。やはりこの世の者ではありませんでした」

「ええっ、それは本当かい」

安兵衛は目を丸くした。足音の正体が幽霊だったということに対してではなく、それを伊勢次が確かめたということに驚いたようだった。

「何食わぬ顔で店の前を掃いているから、ああ昨夜は足音が出なかったんだな、と思ったんだが……その口ぶりだと足音どころか、お化けそのものを見たってことかい」

「はい、その通りです。なぜこの店に出ているか、という点についてはまだ何とも言えませんが、足音の主がうろついていた場所を調べれば、それも分かるかもしれません」

「それはすごい。びっくり仰天だよ。お化けに出遭っていながら、よく呑気に掃き掃除なんかできるものだ。左五平さんに連れられてうちに来ていたあの小さい餓鬼が、こんなに立派に育ったなんて思うと感慨深い。きっと左五平さんも草葉の陰で喜んでいることだろう」

「恐れ入ります」

じいちゃんならまだうちに堂々といるのだが、と思いながら伊勢次は頭を下げた。

「足音の正体を確かめるために泊まらせていただいたのですから、当然のことです」

「いやあ、本当に大したものだよ。俺たちは正体どころか、どこで足音がしていたのかすら分からなかったんだからな。ええと、まず場所を聞こうか。どの部屋に出たんだい」

安兵衛が店の中に入り、履物を脱いで帳場へ上がった。伊勢次は、先に安兵衛を行かせるためにのろのろと箒を片付けながら答えた。

「いつも同じ部屋に出ていたとは限りませんが、私が見たのは客間です」

「ふうん」

安兵衛が客間へ入っていくのを見届けてから伊勢次は帳場へ上がった。それからそっと客間を覗くと、安兵衛が部屋の中を見回していた。他には誰もいなかった。

「どんなやつが出てきたんだい？」

「長い髪を振り乱した女でした。人相までは分かりませんでしたが」

「ふうん。女ねぇ……」安兵衛は首を傾げた。「心当たりがまったくないな。女に泣かされることはあっても、泣かすような人生は歩んでいない。ましてや恨まれる覚えなんて、これっぽっちもありゃしないぜ。それなのに、どうして女の幽霊がうちに出てきやがるのか……」

「店で働いている方々はいかがですか」

「あいつらはそもそも女に縁がねぇよ。端《はな》から相手にされないような連中ばかりだ。所帯を持っているやつもいるが、それも男の方が泣きついて一緒になったくらいだからな」

「そうなると、この中に何か曰くのある物があるのかもしれません」

伊勢次は床の間の方へ目をやった。

昨夜、夜明けを待ちながら外で震えている間に、なぜ相州屋にあんな女が出てきたのかを色々と考えた。そうしているうちに、もしかしたら客間に置かれた骨董の中によからぬ物が混じっているのではないかと思い当ったのだ。

「ここに置かれているのは、元々は店を閉めた鰻屋さんの物だったとおっしゃっていました。

引き取ったのと足音が聞こえるようになったのとは、同じ頃なのではありませんか」

「ええと、どうだったかな」安兵衛は腕を組んで考え込んだ。「言われてみればそうかもしれないな。しかし、鰻屋からは何も聞いていない。あいつはそんな物を売りつけるようなやつじゃないんだよ。だから、この中に曰くのある物があるという考えは違うんじゃないかな」

「鰻屋さんが気づかなかっただけかもしれません。ずっと蔵に仕舞われていたとか、あるいは寝る場所とは離れて置かれていたとか」

「あ、ああ……確かにあそこは、店と寝る家は別棟だった。多分、壺とか掛け軸は店の方に飾られていた物だと思うぜ。それと、蔵に入れられていた物もある。引き取りに行った時に蔵も覗いたからな」

「それなら、私の考えでほぼ間違いないと思います。これらの物を手放せば足音は消えるでしょう」

これで一件落着、と伊勢次は胸を撫で下ろしたが、安兵衛に首を振られてしまった。

「それは駄目だ。せっかく日野屋さんが羨ましがる物が手に入ったんだぜ。あの人は年じゅうここに来て、売ってくれと頭を下げるんだ。そんな気分のいいことは他にない。手放すなんて御免だぜ」

「そ、そんな……」

かみさんが戻ってこなくても……いいのだろう。安兵衛はかみさんの実家からここへ通う暮らしにさほど不便を抱いていないように見える。

しかしそれでは伊勢次の方が困る。かみさんが戻るように手を尽くしてみると左五平に約束してしまったのだ。

もちろん、ちゃんと話せば左五平は納得してくれるだろう。しかし完璧に約束通り、というわけではないので、また出方を工夫して伊勢次を怖がらせてきそうな気がする。例えば昨夜の女のように、朽ちた姿で迫ってくるとか……。

それは嫌だ。何としても幽霊が出ないようにして、かみさんを相州屋に戻さなければ。

「ええと……すべてを手放す必要はありません。女の幽霊が憑いている物だけを売るなり捨てるなりすればいいのです」

伊勢次は再び床の間に置かれている物へと目をやった。壺や掛け軸、布袋様や虎の置物、根付や印籠、刀の鍔……しっくり来ない。文箱や観音像などは少し怪しいと思うが、もっとあの女が執着していそうな物が他にありそうな気がする。

「……あの地袋の中には何が入っているのでしょうか」

伊勢次が訊ねると、安兵衛は「ええと、何だったかな」と首を傾げながら袋戸を開けた。

掛け軸を納めていたと思われる細長い箱があった。それから、特に目立つ装飾のない煙管《きせる》や地味な煙草入れなど、わざわざ飾るまでもないと考えたらしき品々も見える。脇差もあるようだ。やけにみすぼらしい巾着袋も仕舞われていた。

「その袋には何が入っているのでしょうか」

「さて、覚えていないな」

安兵衛が巾着袋を取り出した。袋の口を開いて覗き込み、それから中に手を突っ込んだ。

まず取り出されたのは櫛だった。梳《す》き櫛ではなく、髷を結った髪を飾るのに使う挿し櫛である。それから、笄《こうがい》も出てきた。髷に挿して飾りにする道具だ。

「どちらも大して値の張る物じゃないし、ちょっと汚れていたから飾らずに仕舞ったままにしておいたんだ。すっかり忘れていたよ」

「ふむ……どうやらその二つが怪しそうですね」

伊勢次は地袋の中を覗き込んだ。女が使いそうな物は他にない。

「私が見た幽霊は、それらを求めて出てきたのでしょう。客間をうろつき回っていた様子や、髪を振り乱した姿から考えて、間違いありません。男と違って、女は髪に執着するものですから。自分の髪を飾る櫛と笄を必死に探し回っていたのです」

「そうなのかねぇ……俺は野暮天だから女のことはよく分からないが」

「女とはそういうものなのです。ですから、その櫛と笄を手放せば足音はなくなります。それに、ずっと仕舞われていたのだから日野屋さんはその二つを見ていません。だからなっても、相州屋さんが羨ましがられることに変わりはないでしょう。いかがですか、その櫛と笄だけを古道具屋などに売ってしまわれては」

「うむ……そうした方がいいかな。俺と違って本石町に店を構えている伊勢屋の若旦那は粋だろうから、女心も分かるに違いない。それに、足音だけで正体が分からないうちはさほどではなかったんだが、女の幽霊がうろついているって聞いちまった今は、前より薄気味悪さが増した気がする」

安兵衛は櫛と笄を指先で抓むようにして持ち、巾着袋の中へ戻した。

「そうと決まったらさっさと手放しちまおう。しかし、こんな物を古くから付き合いのある古道具屋に売るのは気が引けるな。ううん……そうだ、ちょっと前からここに来るようになった古道具屋がいたんだ。どこで俺のことを聞き込んだのか知らないが、やたらとうちに顔を出して、『売ってくれ、売ってくれ』と騒ぐうるさい野郎がね。そいつのところへ持っていこう」

巾着袋を地袋の奥の方へ押し込み、安兵衛は袋戸を閉めた。それから伊勢次の方を向き、満面に笑みを浮かべながら頭を下げた。

「いや、まったく世話になった。さっきも言ったが、本当に立派になったもんだ。俺たち相州屋の者だけではどうしようもなかった足音の件を、ひと晩泊まっただけで終わりにしちまったんだからな。しかもたったひとりで成し遂げた。それだけの度胸があれば、商売の方もうまくやれるだろう」

「さて、どうでしょうか」

「俺が請け合うよ。しかも粋で、女心もよく分かる。そんな若旦那がいるなら伊勢屋さんは安泰だ。左五平さんの喜んでいる顔が目に浮かぶぜ」

「は、はあ……」

喜んでいる振りをして、いきなり口から血を流したりして驚かすんだよなぁ。おいらにはそんなじいちゃんの顔が目に浮かぶぜ……と伊勢次はうんざりした気持ちになった。

そして、相州屋の他にもう一件、やはり奇妙な足音が聞こえるという筑波屋についても頼まれていたことを思い出し、さらに気が沈んだ。

しくじった。こんなにあっさりと終わらせるんじゃなかった……。

「さあ、朝飯を食いに行こうか。好きなだけ腹に詰め込んでくれ」

伊勢次の胸のうちなど分かるはずもない安兵衛が、明るい声で告げた。

「そうだ、店から角樽のひとつでも持っていくとしようか。何となくめでたい気分だからな。お前さんも、ひと仕事終えて飲みたいだろう」

「いいえ、私は下戸ですので、酒は……」

「気分がいいから今日は俺も飲むぞ。とことん付き合ってやる。仕事なんて雇っている連中に任せておけばいいんだから」

「あ、待ってくださ……」

伊勢次の声は相手の耳に届かなかった。安兵衛は軽い足取りで、店の土間の端にある棚の方へ向かっていった。

――なんか、無理やり飲まされるような気がするぞ。

べろべろに酔わされて、ふらふらしながら伊勢屋に帰ることになりそうだ。もしそうなったら、ますます伊勢屋の番頭や手代たちから放蕩息子だと思われてしまう。

――参ったなぁ……。この際、お化けでもいいから助けてくれないかなぁ。

すがるような目で伊勢次は振り返り、櫛と笄を仕舞い込んだ地袋へと目を注いだ。

筑波屋の幽霊

一

牛込にある御家人の組屋敷に戻った武井文七郎は、まっすぐに祖父の仏壇が置かれている部屋へと向かった。

一応は役に就いている長兄、それに稽古事などへ通っているその子供たちは留守であろう。しかし隠居した父親や母親、嫂《あによめ》、それに厄介叔父として武井家に残っているすぐ上の兄などは屋敷のどこかにいるはずだ。だが、それらの連中にいちいち挨拶はしない。なぜなら屋敷の者にとって文七郎は「関わり合いになりたくない人間」だからだ。向こうの方が避けている。すでに家士から文七郎がやってきたことを聞いているらしく、狭い屋敷内で息を潜めている気配だけが窺える。そんな連中にわざわざこちらから会うことはない。

それよりも、「糞じじぃ」をどう始末すべきか、それを考えるのが第一である。文七郎は閉じられている襖の前に立つと息を殺し、そっと奥の気配を探った。

間違いなくいる、と感じた。こちらを圧するような強い気が、襖の向こうから漏れ伝わってくる。もし半端に剣の心得がある者だったら、気圧されて部屋に足を踏み入れることすらできまい。また、まったく心得のない者は何も感じないだろうが、それでも「自覚のない恐れ」を抱き、自ずと足を遠ざけるはずだ。今、部屋の中から伝わってくるのは、そんな気配である。

しかし……。

――ふんっ、そんなもの俺には効かんよ。

文七郎は鼻で笑い飛ばすと、刀から外した下げ緒をたすき掛けにして袖口を押さえた。そして刀の鯉口を切り、腰を落としていつでも斬りかかれる構えを取った。

――今日の俺には秘策があるからな。

ちらりと刀を見て、すぐに目を正面に戻す。右足の先をそっと襖の方へ伸ばし、親指を隙間へとねじ込む。

「じじぃ、覚悟っ」

叫ぶと同時に文七郎は足で襖を開け、部屋の中へ走り込んだ。

相手は部屋の真ん中にいた。こちらに背を向けて座っている。文七郎は中へ飛び込んだ勢いのまま素早く近づくと、その背中を横一文字に斬りつけた。

気合も十分、間合いも完璧、持てる力のすべてを刀に乗せた、まさに会心の一撃だった。相手の体が真っ二つに千切れ、白い塊となって霧のように消えていく。

――やったか……いや、油断はできない。

文七郎は構えを解かず、目だけを左右に動かした。部屋の中にはまだ、圧し掛かってくるような気配が残っている。それがどこから伝わってくるのかを探った。

――後ろかっ。

振り向きざまに刀を薙ぎ払った。しかしそこには何者の姿もなかった。刀が空を切る。

刹那、文七郎の頭に激しい痛みが走った。「むむっ」と唸りながら頭を押さえて上を向くと、宙に浮いた煙管《きせる》が部屋の端の方へ飛んでいくのが目に入った。

部屋の隅に煙草盆が置かれている。煙管はその前まで行って止まった。

煙管の周りに白い靄《もや》が現れ、徐々に人の形を作っていく。やがてそれは三年前に亡くなった祖父、十右衛門《じゅうえもん》の姿になった。

「ふん、まだまだだな」

カンッ、と小気味のいい音を立てて、十右衛門は灰吹きに煙管を叩きつけた。煙草入れに手を伸ばし、煙管に葉を詰め始める。

――ちっ、幽霊の癖に呑気に煙草なんか吸いやがって。

この糞じじぃが、と苦々しく思いながら、文七郎は手に持っている刀へ目をやった。あちこち訊ね歩いてやっと見つけた評判のいい祈禱師から買った、悪霊除けの御札がぺたぺたと貼ってある。悪い霊が寄ってこないと聞かされたので、それならいっそのこと刀に貼ってしまえばいいと思ってやってみたのだ。しかし……。

「なけなしの銭を払ったのに、まったく効かねぇ。あの祈禱師の野郎、ただじゃあ済ませねぇぞ」

文七郎の呟きを聞いた十右衛門が、煙管を口に運びながら、じろりと刀を見た。

「なかなか効き目のありそうな御札だ。悪霊除けか。どうやら丸っきり偽者の祈禱師というわけではなさそうだな」

「だったら、じじぃが斬れるはずだ」

「貴様、己の祖父を悪霊呼ばわりするか」

「生きている時から俺に酷い仕打ちばかりして、やっとくたばったと思ったのにまだ続けやがる。どう考えても立派な悪霊じゃねぇか」

十右衛門という男は厳格で頑固な、昔ながらの「武骨な侍」だった。御家人たる者、一朝事ある時はすぐさま駆けつけ、お上のお役に立たねばならない。そのためには常に鍛錬を怠ってはいけない、という考えのもと、たとえ真冬で雪が降っていても早朝から冷水を浴び、剣の素振りを繰り返していた。

そういう男であるから、当然自分の子や孫も厳しく鍛え上げようと思っていたらしい。ところが生まれてくる子や孫はなぜか体が弱かった。寒い早朝に外に連れ出そうものなら、すぐに熱を出して寝込んでしまう。そうしなくても年に二、三回は病の床に臥すというような子孫ばかりだった。

十右衛門はかさんでいく医者代に喘ぎ、己の不運を嘆いた。そうした中で、ようやく生まれた頑健な孫が文七郎だったのだ。

「俺はな、朝っぱらから水をぶっかけられ、大人でも持てないような重い鉄の棒を振らされたんだぜ。まだ五つの餓鬼の頃から毎日だ。まったく碌なじじぃじゃねぇ」

さらに文七郎は、七歳になってからは十右衛門が見つけてきた剣術道場に通わされた。あまりの稽古の厳しさに、大人でも音を上げて逃げ出すような所だった。しかも十右衛門は、特に厳しくやってくれと師匠に伝えていたようだ。そのせいで文七郎は血の小便が出るほどしごかれた。

「そうして鍛えてやったお蔭で今の逞しい貴様がある。感謝してほしいものだな」

「この太平の世では、剣の強さなどなんの役にも立たねぇ。厳しくするなら、学問の方でそうしてほしかったぜ。そうすれば目を掛けてくれる人がいて、今頃は立身出世ができていたかもしれねぇ」

「銭勘定のうまい武士など、儂に言わせれば侍の格好をしているだけの偽者だ。それに、そもそも貴様は、頭の出来はからっきしではないか。この儂に似てな」

「けっ、それもやっぱりじじぃが悪いんじゃねぇかっ」

言うと同時に文七郎は跳ねた。一瞬で十右衛門のすぐ前まで迫り、渾身の一刀を真上から振り下ろす。

十右衛門の体が左右に千切れ、白い塊となって霧散した。火の点いた煙管だけが煙草盆に残される。

「何度やっても同じことだ」

背後で声がした。文七郎は素早く体を捻り、声のした場所を目がけて下段から振り上げるような刀を浴びせた。

そこには誰もいなかった。どこに行きやがった、と文七郎は二、三歩前に出る。その背後から再び声がかけられた。

「無駄なことを繰り返すな。そろそろ落ち着いて、腰でも下ろしたらどうだ」

振り返ると十右衛門が煙草盆のそばに座っていて、美味そうに煙草の煙を吐き出していた。

「やっぱり効かねぇ。もっと強い悪霊除けの御札を手に入れねばならないのか」

「貴様は儂が悪霊でないとは、これっぽっちも思わないようだな」

「当たり前だ。死んでいる癖に、事あるごとに俺に用事を言いつけやがって。家から出て道場に泊まり込むようになったら、どういうからくりか知らんが飯の味を不味くして家に呼びつける。まったくとんでもねぇ悪霊だ」

米がやけに塩辛かったり、大根の煮物が羊羹のように甘かったりするのはまだいい方で、酷い時には食い物を噛んだ途端に血の味が口の中に広がることもある。

生来の貧乏人だから食い物を粗末にできず、どんなに不味くても吐き出すことなく飲み込むが、そうしていると困ったことも起こる。酸っぱい豆腐などに当たった時、これは祖父のせいなのか、それとも本当に腐っているのかが分からないのだ。まったく迷惑である。

「飯が不味いと何をするにもやる気がでねぇ。腹が立つが仕方がない。おい、じじぃ。用件を聞いてやるからさっさと話しやがれ」

どうせ銭のことだろうが、と吐き捨てながら、文七郎はどっかりと座り込んだ。

十右衛門から言われる用事は、たいていは借金の後始末なのである。武井家は貧乏御家人だが、一応は役に就いているので上役への付け届けなどの物入りが多い。家を継いでいる長兄やその子供たち、そして部屋住みとしてまだ家に残っているすぐ上の兄は病がちなので、何かと医者代もかかる。さらに、他の兄たちの婿入り先を探す際に、先方や間に立ってくれた同僚の家などに対してそれなりの進物を渡さねばならなかった。それらのために親戚から借金をしたり、医者や店に支払いを待ってもらったりしているのだ。

十右衛門が生きている間は、借金は当人が少しずつ始末していた。しかし亡くなってからは、その役目が文七郎へと回されたのである。なぜなら文七郎は暇な上に体が丈夫で幾らでも動き回れるし、何より十右衛門の幽霊が見えるからだ。

十右衛門が出るのは武井家の屋敷の中だけである。しかし他の者には、その声すら聞こえない。だからこうして十右衛門と喋ったり、隙を見て斬りかかったりする文七郎のことを、奇妙なことをする男だと避けているのだ。

「うむ。先ほど散哲《さんてつ》先生が見えて、家の者と色々喋っていったのだが……」

散哲とは、この武井家で世話になっている医者である。この人への支払いもだいぶ滞っているのだが、それでも嫌な顔ひとつ見せずにいつでも診に来てくれる希代の医者だ。

「散哲先生は甘いものが好きだろう。それで、本石町へ薬を買いに行ったついでに菓子屋の筑波屋へ寄ったらしいのだ」

ちなみに武井家は、この筑波屋にもツケが溜まっていた。兄たちの婿入り先や仲人に贈る菓子をここで手に入れたのだが、その支払いがまだなのだ。大した額ではないが、他へ回さねばならない金が多すぎて、後回しになってしまっている。

「散哲先生はその際に、店の者から奇妙な話を聞いたらしい。何でも、夜になると店の外で足音がするそうだ。脇にある庭とか、そこにある蔵の周りということだが、店の者が見張っていても相手の姿は見えない。しかし確かに足音はするという。困っているようだから、貴様が行って様子を見てこい」

「ああ？　どうして俺が」

「盗人かもしれんし、幽霊とも考えられる。いずれにしろ貴様ならどうにかできるだろう。困っている者がいて、それを助ける力があるのだ。武士として、いや男として見過ごすことはできまい」

「ううむ」

随分と真っ当なことを言いやがる。悪霊のくせに。

「……それに、うまくすれば支払いの残りをなくしてくれるかもしれん」

「なんだ、本音はそれか」

文七郎は、ふん、と鼻で笑った。それから、筑波屋ねぇ……と首を捻った。そこに怪しいものが出るという話をどこかで耳にした覚えがある。しかも、かなり最近だ。今日かもしれない。

「……ああ、思い出した。ここへ来る途中に伊勢次から聞いたんだ。やつもじいさんに頼まれて、幽霊退治に乗り出したらしいな」

文七郎が言うと、ただでさえ常に機嫌の悪そうな仏頂面をしている十右衛門の顔がますますしかめられた。

「それは、左五平の孫のことか。薬種屋の伊勢屋の」

家に体の弱い者が大勢いるので、武井家と伊勢屋とは付き合いがある。当然、滞った薬代のツケもたくさん残っている。左五平の代からのものが積み重なっているので、今ではかなりの額になっている。しかし伊勢屋から強い取り立てを受けたことはなかった。

それに、医者の散哲先生を紹介してくれたのも左五平である。武井家は、伊勢屋にかなり世話になっているのだ。

ところが、どういうわけか十右衛門と左五平は反りが合わなかった。直に顔を合わせている時には、左五平は相手が武士ということで畏まっているし、十右衛門も借りのある相手だからと遠慮しているので面倒には至らなかった。だが別れた後で十右衛門が「あのお節介じじぃが」と左五平を罵っているのを文七郎はよく聞いていた。

そして、それは双方が亡くなった今でも続いている。

「左五平のやつ、死んでからも孫を使って、あちこちで世話を焼いているようだな。行き過ぎたお節介はかえって相手の迷惑になるということが分かっていない。やつの孫もとんだ災難だ。さっさと成仏すればいいものを」

「じ、じじぃ……」

どの口がそれを言うのだ、と文七郎は呆れ顔で十右衛門を眺めた。

「つまり、左五平の孫が幽霊退治のために筑波屋へ行ったと、そういうわけだな」

十右衛門がじろりと文七郎を睨みながら訊いた。

「いや、会ったのは音羽にある酒屋の前だ。そっちにも幽霊が出るので先に始末する考えらしい。筑波屋はそれが終わった後にするようだな」

文七郎が答えると、ふむ、と十右衛門は重々しく頷いた。

「それなら文七郎、貴様が先に筑波屋へ乗り込んで、幽霊を退治してしまえ。それが終わったら、音羽の酒屋の様子も見に行くんだ。左五平の孫にどうにかできるとは思えないからな。そちらも貴様が始末しろ。いいか、これは勝負だ。二本取った者が勝ちの試合だと思うのだ」

「ふざけんな、俺はやらんぞ」

「いつまでも食い物が不味くていいのなら、別に構わんが」

「くっ……」

「いいか、決して左五平の孫に負けるでないぞ。目に物を見せてやるのだ」

もう借金の後始末とか、困っている人がいるのを助けるのが武士の務めだとか、そういうことはどうでもいいらしい。仲の悪いじいさん同士の争いを、孫同士が代わりにさせられる、という風に話が変わってしまった。

「頼んだぞ……」

一声残して、十右衛門の姿が薄くなっていった。文七郎は慌てて立ち上がり、最後の一太刀を浴びせたが、その時にはもう十右衛門は消えてしまっていた。

——どう考えても悪霊だぜ……。

煙草盆に置かれている、火が点いたままの煙管を眺めながら文七郎は顔をしかめた。

二

「……奇妙な足音は、この辺りで聞こえることが多いと感じております」

案内に立った定八《さだはち》という若い菓子職人が蔵の前を指し示しながら言った。筑波屋では数人の菓子職人が働いているが、他の者はみな通いで、住み込んでいるのはこの定八と、見習いの小僧だけらしい。

「この狭い庭に出るということだな」

「いえ、必ずしもそうではありません。蔵の周りを回ることもありますし、店に繋がる戸口から、裏口までを行ったり来たりする場合もあります」

「……ふうむ」

文七郎は辺りを見回しながら唸った。筑波屋の店の土間には、客が出入りする通りに面した表戸の他にも横に戸口があり、そこを抜けると建物の横の狭い通路に出る。進むと蔵が建っており、その前には三坪ほどの庭がある。蔵の横をすり抜け、家に沿って曲がるとそこは店の裏口で、目の前の板塀に裏長屋へと抜けられる木戸が設けてあった。

蔵の反対側は隣の店とくっ付いているので、人が歩ける場所はない。

「……つまり、筑波屋の外の、狭い敷地内を動き回っているというわけだな」

「左様でございます。それで私が見張りに就いて、足音の主を探したことがあるのですが、どうしても見つかりません。この蔵の辺りで音がしたので来てみると誰もおらず、今度は裏口の方から聞こえてくる。そちらへ行ってみると、またこの辺りで音がする、という具合でして」

「うむ……盗人ということはないのか」

「はあ。私どももそう考えていたのですが」

定八は板塀を指し示し、次にその指を蔵の戸に下げられている錠前へと動かした。

「いつもは通いで来ている職人のひとりに泊まってもらい、私と二人で店の方の戸口と裏口との両方から挟み撃ちにしたことがあるのです。それぞれ戸の陰で待ち構えておりまして、足音が聞こえてすぐに、二人とも走ってこの蔵の前まで来たのです。しかしそれでも足音の主は見つかりませんでした。ここの板塀は高いので、あんなにすぐに越えられるとは思えません。それに、そうするような音も聞こえませんでした。もちろん蔵の周りも二人で挟み込むようにして調べましたが、誰の姿もありません。そうなると蔵の中に隠れるくらいしかないのですが、ご覧のように錠前がしっかりと付いております」

文七郎は試しに錠前を力任せに動かしてみたが、開くことはなかった。

「鍵は店主が持っているのか」

「いえ、この蔵には店で使う物も入っておりますので、帳場にいつも置いてあります。足音がした際に、周りに誰もいないことを確かめた後で蔵の中も調べたことがあったのですが、やはり誰もいませんでした」

「そうか」

この定八や、あるいは他の奉公人の狂言で、そいつらが蔵の中の物をこっそり盗もうとしたのではないか、ということも考えたのだが、誰でも鍵が使えるのなら、わざわざそうする必要はない。昼間に堂々と盗めばいいだけだ。店の者は疑わなくて良さそうである。

「裏の長屋の者が木戸口から忍び込んでいる……ということもないだろうな」

挟み撃ちにした時には、片方の者は裏口の戸の陰で待ち構えていたという。長屋へ続く木戸は裏口のすぐ前にあるから、そこから入ったのなら気づかないわけがない。

「足音が始まったのはいつ頃からだ」

「十日ほど前からでございます」

「それから毎晩、音がするのか」

「はい」

蔵の中はともかく、外側には木が数本植えられているくらいで盗むような物は何もない。家の中に入ってくる様子がないのなら、盗人という考えは捨てて構わないだろう。それなのに毎夜現れ、しかもいくら探してもその姿が見当たらない。

「……この世の者ではなさそうだな」

「やはり武井様もそう思われますか」

定八は、はあ、と溜息をついて肩を落とした。

「実は私どもも、そういう考えに至りました。たいていは私どもが見に行くと足音は消えるか、別の場所に移るのですが、たまに姿がないのに足音だけが目の前を通り過ぎていくこともあるのです。それから……これは旦那様には告げていないのですが、私がひとりで見張りに就いた時に、後ろから突き飛ばされたことがございました。すぐに振り返ったのですが、誰の姿もそこにはなく……。それと、見えない相手にいきなり股ぐらを蹴り上げられたこともあります。そういうことをされるのは、どうも私だけらしいのですが……」

「ふうむ……お前、幽霊にからかわれているな」

「はあ。住み込みの小僧はまだ見張りに就けるような年ではないので、足音を調べている者の中では私が一番若い。それで甘く見られているのかもしれません。それはともかく、そういうわけで、ああこれは幽霊の仕業に違いない、となったのでございます。怖がって女中は逃げてしまうし、小僧は日が暮れると厠へ行けなくなって寝小便をするようになるしで、とても困っております。かく言う私も、寝付きが悪くなってしまって……」

　よく見ると定八の目の下には隈が浮いていた。

「……盗人ではないと分かっても、万が一ということがありますから、どうしても眠りが浅くなってしまいます。ましてやそれが幽霊だとなるとなおさらで……。実は私、その手のものが苦手でございまして。見張りも、旦那様に命じられたから仕方なくやりましたが、もう足ががくがくと震えてしまって、一歩進むのもままならないといった有り様でした。股ぐらを蹴り上げられた時など、驚いて腰を抜かしてしまいましてね。足に力が入らないから、股を押さえながら芋虫のように這って戸口まで戻りました」

「それは面白……いや、大変だな。だが安心しろ。今夜は俺が泊まり込むことになっている。必ず足音の正体を暴き、もし幽霊なら退治してやる」

　すでに筑波屋の店主の甚五郎と話をして、足音を出ないようにしたら武井家の支払いの残りは消えることになっている。その上、礼金も出すという約束まで交わしてあった。

「はあ、本当でございますか」

　定八の表情が、ぱあっ、と明るくなった。

「当然だ。武士に二言はない。困っている者を見過ごすこともない。世のため人のために働くのが俺たちの務めだ」

　本当は金のためだが、わざわざ今それを言う必要もない。どうせ後で甚五郎から聞かされるだろう。

「さすがお武家様だ。私どもとは志からして違う」

さも感心したという風に定八は首を左右に振った。

「それに度胸も違う。相手が幽霊だというのに、恐れている様子がまったくない」

「ふっ、それも当然のことだ」

文七郎は胸を張った。飯を不味くしたり煙管で叩いたりする悪霊に比べれば、足音だけの幽霊なんて可愛いものだ。恐れるはずがない。

困るのは筑波屋の者と同じように相手の姿が見えなかった場合だが、十右衛門の幽霊が当たり前に見えている自分なら大丈夫だという気がしていた。

「しかし……」定八の顔が急に曇った。「幾らお武家様が強かったとしても、相手は幽霊でございます。本当に退治することができますでしょうか」

「任せておけ。これを見ろ」

文七郎は下げ緒を素早く解き、刀を鞘から半分ほど抜いてみせた。定八の口から「おおっ」と言う声が漏れる。

「御札のようなものが貼ってありますね」

「これは俺の自慢の、悪霊斬りの刀だ」

じじぃの幽霊には効かなかったが、それはやつがとびっきりの悪霊だからに違いない。その十右衛門は「なかなか効き目のありそうな御札だ」と言っていた。それが本当かどうか、試してみるいい機会である。

「これでひと安心でございます。武井様のお蔭で、今夜から枕を高くして寝られます」

文七郎に向かって手を合わせながら、定八は深々と頭を下げた。

「いや、今夜はまだ無理だな。お前も一緒に見張りに就いてくれ」

「は？」

頭を下げたままで定八は体を捻り、文七郎を見上げた。

「……私も、でございますか」

「うむ。まず幽霊で間違いないだろうが、念のためだ。前に通いの職人とお前でしたように、二人で挟み込んでみよう」

「いや、それは……」

定八は物凄く嫌そうな顔をした。

「俺がいるのだから心配するな。ところで定八、足音は十日ほど前から聞こえるようになったそうだが、なぜ始まったのか心当たりはないか。つまり、幽霊が出るようになったきっかけ、ということだが」

定八は体を起こしてしばらく考え込んだが、やがて首を振った。

「いえ、皆目見当がつきません」

「そうか……」

先ほど甚五郎に会った時にも聞いてみたが、やはり心当たりはないという返事だった。幽霊を出なくするにはその元を断つのが一番と思ったのだが、分からないなら仕方がない。

「悪霊斬りの刀で直に倒すしかないな。おい定八、足音の主を逃がさないようにするんだぞ。前の時のように足音だけが目の前を通り過ぎそうになったら、たとえ姿がなくとも腕を伸ばしてみるんだ。股ぐらを蹴り上げられたら咄嗟に足を閉じる。そうすれば、もしかしたら捕まえられるかもしれない」

「そんな無茶な……」

定八は呆然とした顔で呟いた。

三

文七郎は筑波屋の裏口の戸の陰に潜み、息を殺して外の気配を窺っている。

すでに夜の九つは過ぎた。辺りはひっそりと静まり返っており、物音ひとつ耳に入ってこない。たまに聞こえてくるものがあるとすれば、店の方の戸口のそばにいる定八が時おり呟く独り言くらいである。まだぐちぐちと文句を垂れているようだ。

――それにしても暇だな。

文七郎は大きく伸びをした。日が暮れてからずっとここで見張りを続けている。何も起こらないので飽きたし、眠くもなってきた。

少し体を動かした方がいいかもしれない、と考え、文七郎は戸をそっと開けて表へ出た。半分ほどに欠けた月が東の空に顔を覗かせており、辺りをうっすらと照らしている。夜目がやたらと利く男だし、今まで暗い家の中にずっといたせいもあるので、その程度の月明かりでも文七郎には周囲の様子がよく見えた。

筑波屋の建物に沿って角を曲がり、蔵の横を抜けて三坪ほどの狭い庭に出た。誰もいないし、物音もない。耳に入るのは自分の足音だけだ。

文七郎はそのまま庭を突っ切って、店側の戸口の前まで歩いた。

「ひぃ」

戸の向こう側から、定八が息を呑む声が聞こえてくる。

「俺だ、俺」

笑いをこらえながら声をかけると、戸が少しだけ開いて、隙間から定八が顔を覗かせた。

「ああ、武井様でございますか。驚かさないでください」

「何ひとつ怪しいことは起こっていない、と知らせにきてやったんだ。ありがたく思え」

ふふん、と笑って、文七郎は踵を返した。蔵の周囲をぐるりと回ってから裏口まで戻る。やはり誰の姿も見えなかった。気配すら感じない。

――ふむ。元の場所に戻る前に……小便でもするか。

裏口の正面にある、板塀に設けてある木戸を開けた。その先は裏長屋へと続いている。長屋の住人たちもみな寝ているようで、しんとしていた。

迷惑になってはいけないので、足音を忍ばせながら長屋の路地を進み、厠を借りた。

――そう言えば今頃は、伊勢屋の伊勢次も俺と同じような目に遭っているはずだな。

小便を終え、厠の前の物干し場に出た文七郎は、ふとそう思って立ち止まった。

伊勢次がいるのは酒屋だ。俺がそっちに回り、やつをこっちの見張りに寄こした方が良かったかな、と文七郎は少し後悔しながら月を見上げた。

金がないから滅多に飲めないが、文七郎は酒好きだ。そして甘いものは苦手である。一方、伊勢次は下戸で甘い物好き。間違いなく入れ替わった方が良かった。そうすれば、それぞれの好きなものにあり付けたかもしれない。

十右衛門の幽霊は食い物の味を変えることで文七郎を呼びつけるが、酒や茶などの飲み物の味はそのままなのである。多分、十右衛門自身が大の酒好きだったからであろう。

——まぁ、あの伊勢次に幽霊退治は無理だろう。

じいさんの幽霊をいつも見ているくせに、伊勢次がその手のものを苦手としていることを文七郎は知っていた。そのわりに見栄っ張りな面があるのも分かっている。きっと逃げ出したはいいが帰るわけにもいかず、酒屋のそばで右往左往しているに違いない。

——うちのじじぃの考え通りになるのは癪だが、酒屋の幽霊も俺が片付けるか。

礼金だけでなく酒も飲めそうだから良しとしよう、と思いながら文七郎は再び歩き出した。

木戸をくぐると正面に筑波屋の裏口がある。そのまままっすぐそこへ入ろうとした文七郎は、目の端で何かが動くのを捉えて立ち止まった。

素早く腰の刀に手をかけながら目を動かす。建物の角の向こう側へと男の子が消えていくところだった。ぱたぱたという軽い足音が耳に届く。

筑波屋に住み込みで働いている小僧ではない。そちらは十二、三歳くらいだが、今の男の子はもっと幼かった。まだ五つか六つといった辺りだ。

——子供ねぇ……。

文七郎は刀から手を外し、男の子が見えなくなった場所まで忍び足で歩いた。まだ幽霊と決めつけるのは早い。自分が厠へ行っている間に長屋の子が木戸口から忍び出た、ということも考えられる。

建物の角からそっと蔵の方を覗き込む。男の子は蔵の前側にある三坪ほどの庭に立って、こちらを向いていた。

文七郎と目が合うと、男の子は口元に笑みを浮かべて走り出した。すぐに蔵の陰に隠れて見えなくなる。

——俺が追っていることを分かっているのか。それなら足音を忍ばせなくてもいいな。

文七郎はつかつかと大股で歩き、「おい、待て」と声をかけながら蔵の角を曲がった。

男の子は反対側の角にいて、頭だけを出してこちらを覗いていた。そして文七郎が現れたのを見ると、ひょいひょい、と二、三度手招きして、また蔵の向こう側へと消えた。

文七郎は走った。そこは長方形をしている蔵の、短い方の側である。だから急げば、その先の角まで行こうとする男の子の背中が見えるはずだった。

だが、蔵の角から向こう側を覗き込んだ文七郎の目に入ったのは、蔵と板塀との間の、誰もいない隙間だった。

——消えたか。

裏の長屋の子供が入り込んだ、というわけではなさそうである。

幽霊なら退治しなければならないが、しかしなぁ……と文七郎は首を捻る。その耳に、くすくすという笑い声が聞こえた。横を見ると、文七郎が走ってきた側の角に男の子がいて、こちらへ顔を向けて微笑んでいた。

――ふむ。

文七郎は体を低くし、男の方へと走り出す素振りを見せた。慌てたように男の子の顔がすっと引っ込む。それを見届けるとすぐに、蔵の反対側へと走り出した。

素早く蔵をひと回りして、三坪ほどの狭い庭まで戻ってきた。途中、男の子の姿は見なかった。ひと息入れながら、さてどこへ行ったのか、と左右に目を配る。

「武井様」

遠慮がちな声がかけられた。定八だった。店の方の戸口から体を半分ほど出してこちらの様子を窺っている。

「いかがなさいましたか」

「いや、なに。暇だったからな。ちょっと子供と遊んでいただけだ」

「は、はあ……」

おっかなびっくり、という感じで定八が戸口から出てきた。辺りをきょろきょろと見回しながら文七郎の方へ近づいてくる。絵に描いたような見事なへっぴり腰だ。

「……子供、でございますか」

「五つか六つくらいの男の子だ」

「そんな子は、うちにはもちろん、裏の長屋にもいないはずですが……」

「うむ、そうだろうな。あれはこの世の者ではないよ」

文七郎はさりげなくそう口にしたが、定八の方はまた「ひぃ」と息を呑んで、面白いほどに狼狽《うろた》えた。

「たたたた、武井様、そそそそ、それなら」

「落ち着け。何を喋っているか分からん」

「そ、それなら早く退治してください。そうお約束したではありませんか」

「いや、その通りなのだが……」

文七郎は腰に手を伸ばして刀を鞘から少し抜いたが、すぐに元に戻した。

「……残念ながら子供を斬る刀は持ち合わせてはいない。たとえ幽霊であってもな」

「それでは私どもが困ります。あの足音に今後も悩まされるなんて御免です」

「子供の幽霊が走り回っている足音だと分かったからいいではないか。少しは怖さが減っただろう。どうせお前たちには姿が見えないんだ。足音だけを微笑ましく聞いていればいい。まぁ、たまに後ろから突き飛ばしたり、股ぐらを蹴り上げたりする悪戯はするが」

「冗談ではありません。前よりも怖さが増しました。大人の幽霊よりたちが悪いかもしれない。悪戯盛りの、しかも見えない子供がうろついているなんて……」

定八の言葉が止まった。大きく見開かれた目が文七郎の背後へと向けられている。見ている先は蔵の戸の辺りだ。どうやらそこに、あの子供が現れたらしい。

定八は口をあんぐりと開けたまま二、三歩後ろに下がり、そこですとんと座り込んだ。腰を抜かしたようだ。

「ほほう。良かったな。お前にも子供の姿が見えるようになったか」

もう退治する気は失せているので、文七郎は後ろを振り返らなかった。定八の様子を眺めている方が面白い。

「たたたた、武井様、ううう、後ろに」

定八は尻を擦りながら下がっていく。しかし無駄に手足をばたばたと動かすばかりで、なかなか進まなかった。滑稽だ。見ていると笑いが込み上げてくる。

「どうだ、可愛らしい男の子だろう。いかにも悪戯小僧という感じで」

文七郎が訊くと、定八はがくがくと首を上下に動かしたが、すぐに左右に大きく振った。

「たたた、確かに、こ、子供は、そうかもしれませんが……」

「子供は?」

「そ、その横に、もうひとり……」

文七郎は刀に手をかけながら素早く振り向いた。

蔵の戸口の前にあの男の子が立っていた。そして定八が言うように、その横にも人が立っていた。

女だった。年は三十手前くらいか。首に縄が巻き付いている。

——ちっ、女か……やはり刀を使うのは避けたいところだな。

ただ子供と違って相手によりけりだ。世の中には、生半の男ではとても太刀打ちできないほど悪い女もいる。

——しかし、この女は……。

文七郎は男の子の方をちらりと見た。追いかけている時は気づかなかったが、その子の首の周りにも赤黒い痣のようなものがあった。

――どうやら母と子のようだな。

男の子と女は手をつないでいた。多分、親子心中をしたのだろう。どんなわけがあったのかは知らないが、女が我が子の首を絞めて殺し、その後で自らも首を括って死んだに違いない。文七郎はそう感じた。

――我が子を手にかけるのは悪いことだが……。

事情も分からないし、それに、親子仲は良さそうだ。

文七郎は刀から手を離した。低い姿勢を取っていた構えも解いて、ゆっくりと腰を伸ばす。まるでそうするのを待っていたかのように、女が文七郎に向かって頭を下げた。横にいた男の子もぺこりとお辞儀をし、それから文七郎を見て、にっ、と笑った。

母親が頭を上げる。こちらを向いたまま母子はすうっと後ろに下がり、蔵の戸をすり抜けて消えた。

「たたたた、武井様、いいい、今のは、いったい……」

「うむ。うちの悪戯小僧がご迷惑をおかけして申しわけありません、と謝ったみたいだな」

これで子供の幽霊が出てこなくなればいいが、そううまくはいかないだろう。しばらくは大人しくしているかもしれないが、そのうちにあの男の子は母親の手を振り解いて、またここを走り回るような気がする。悪戯小僧というのはそういうものだ。

文七郎は錠が下がっている蔵の戸を見た。母子の幽霊は蔵へと消えた。だから中を調べれば何か出てくるかもしれない。

「おい定八、明かりと蔵の鍵を持ってこい」

戸を見たまま声をかけると、「ははは、はい」と後ろで返事がして、定八が立ち上がる気配がした。しかしすぐに転んだような音が聞こえてきた。

振り返ると定八が四つん這いになっていた。

「おい、急いでくれ」

「は、はい」

その気はあるようだが、定八はなかなか進まなかった。まだ腰が抜けていて、足に力が入らないらしい。

——蔵を調べるのは夜が明けてからにした方がよさそうだ。

文七郎はそう思いながら、店へ出入りする戸口の方へ向かって芋虫のように這っていく定八の尻を眺めた。

四

翌朝、文七郎は定八、そして筑波屋の店主の甚五郎とともに蔵へ向かった。

甚五郎という男は五十手前くらいの、小太りで愛想のいい男だ。話し好きと見えて口がよく動く。今朝、最初に甚五郎と顔を合わせた際に、文七郎は当然、あの母子の幽霊について何か心当たりはないかと訊ねた。甚五郎の答えは「ない」だった。知りたいのはそれだけなのに、甚五郎の口は止まらなかった。「自分も幼い頃は腕白だった」とはるか昔の悪戯自慢が始まり、そこから「父は自分と違って生真面目な人だった」と、七年前に亡くなったという父親の思い出話に入り、さらに「母の作る煮しめは美味かった」と、聞きたくもない無駄話へと続いていった。

そして今は、なぜか祖父母のなれそめについて語っている。商人というのは口が回らないとやっていけないのだろうが、それにしても本当によく喋る男だ、と半ば呆れ、半ば感心しながら文七郎は蔵の中へと足を踏み入れた。

筑波屋は菓子屋であるが、口に入るものはすべて店の方に置いてあるらしく、ここにあるのは皿や擂鉢、擂粉木、型を取る木枠など、道具の類ばかりだった。それらは蔵の手前の方の両脇に設えられた棚に納められており、整然と並べられている。文七郎はこの棚へはちらりと目をやっただけで、すぐに蔵の奥へ目を向けた。菓子作りの道具があの母子の幽霊と関わりがあるとは思えなかったからだった。

奥の方には店で使う物ではなく、甚五郎の一家の持ち物が押し込められていた。先祖から伝わる家財道具などだ。どうも甚五郎やその先祖は物を売ったり捨てたりするのが嫌なようで、文七郎が思うところの「代々のごみ」が大量に残されていた。

まず目に着くのは沢山の桶や盥《たらい》だ。行く手を阻むように積み上げられている。薄汚れた、随分と古そうな物も混じっていた。

「おい定八、こんな物は叩き壊して、竈《かまど》の焚き付けにしてしまえ」

文七郎が吐き捨てると、甚五郎は慌てたように首を振った。

「いや、その盥は、私の祖父が産湯を使ったものでございまして。そちらの手桶は、私が菓子作りの修業に出された店で、通りに水を打つ際に使っていた物でございます。その頃の苦労を忘れないようにと、修業を終えた時に頼み込んでいただいて参りました。あっ、その桶は私の母がここへ嫁いできた際に……」

「どうでもいい」

文七郎は蔵の戸口の方に向かって桶や盥を放り投げた。定八が「後で仕舞い直しますので」と甚五郎に言いながら、それらを表へと出していく。

桶や盥の壁を取り除くと、今度は長持や行李、そしてひと抱えほどもある大きな木箱などが積み重なっていた。

「何が入っているか、いちいち開けて調べなければならないのか」

うんざりした声で文七郎が言うと、また甚五郎が首を振った。

「すべて分かっております。そちらの長持には、私の祖母の着物が入っております。祖母は呉服を扱っている店の娘でございましたので、多くの着物を持って嫁いできたそうです。それだけでは飽き足らず、事あるごとに仕立てましたので、かなりの数になってしまいまして」

「お前のかみさんに使わせろ。残りは親戚の女にでもくれてやれ」

「実はうちの女房も着物を買うのが好きでございまして。家の方に置けない物がそちらの行李の中に収められております」

何とも勿体ない話だ。まだ使える物があるのに新たな物を買う。そして古い物はこうして後生大事に取っておく。貧乏御家人の七男坊である文七郎にはとても考えられない。

「……商売の方がうまくいっているようで、何よりだ」

皮肉を込めたつもりだったが、甚五郎には伝わらなかった。先ほどよりも滑らかな口調で喋り出してしまった。

「ありがとうございます。うちの菓子、特に羊羹は贈り物に良いと評判でございまして、注文が引きも切りません。ああ、武井様が触ろうとなさっている箱、そこに入っているのは鹿に関わる物でございます。この筑波屋を開いたのは私の曾祖父に当たる男ですが、まだ故郷にいた若い頃に、深い山の中で迷ったことがあったそうでございます。三日三晩歩き回ったのですが、どうしても里に下りることができず、腹も減り、喉も渇き、体に力が入らず、目も霞み、もはやこれまでかと諦めかけたまさにその時、曾祖父の目の前を一頭の鹿が横切ったのです。何か感じるところがあったのでしょう、曾祖父は力を振り絞って鹿が消えた藪の中へと足を踏み入れました。すると、幾らも行かないうちに山間の村に出ることができたとか。その後、曾祖父は故郷を離れて江戸で働き始めました。やがて苦心の末にこの筑波屋を開いたのですが、その際、今の自分があるのはあの鹿のお蔭であると感謝したそうです。以来、曾祖父は鹿こそが筑波屋の守り神であると決め、手当たり次第に鹿にまつわる品を集め始めたのです。鹿が描かれた壺や掛け軸、皿、文箱、印籠、煙草入れ、それに木彫りの置物や根付など、それはもう、沢山の物を買い求めました。曾祖母に文句を言われることもあったそうですが、それでもやめません。なぜなら筑波屋の守り神は……武井様、私の話をお聞きになっておられますか」

「ん？　う、うむ、確《しか》と聞いた……おい定八、すまんがこの箱も表に出しちまってくれ」

文七郎は甚五郎の曾祖父が集めたという鹿に関わる品々が入った箱を乱暴に押しやった。定八が近寄ってきて、甚五郎の顔色を窺いながらその箱を抱えて蔵の外へと出ていった。

さて次は、と文七郎が蔵の中を見回すと、今の箱と似たようなものが三つ置かれていた。甚五郎がにこにこしながら再び説明を始める。

「筑波屋の守り神でございますから曾祖父だけに留まりません。代々の当主も鹿にまつわる品を集めるように、という言葉を曾祖父は遺して亡くなったのです。いちばん奥にあるのは私の父が、手前の右側にあるのは私の祖父が集めた物が入っております。そして左側に置かれているのが、私が手に入れた品々が入った箱でございます。もちろん、こちらの中身は今もなお増え続けております」

「……守り神なのに蔵に仕舞いっ放しってのはどうかと思うぞ。道具ってのは使われるべきだと思うんだよ。例えば壺とか掛け軸はここから出して、店とか客間に飾った方がいいのではないか」

「武井様のおっしゃる通りでございます。私どもが使っている部屋には、すでに鹿の描かれた壺や掛け軸があちこちにあります。襖絵も、わざわざ頼んで鹿の絵にいたしました。どちらを向いても鹿だらけでございます。しかし、お客様の目に入るような場所だと少々都合の悪いことがあるのです。うちは菓子屋でございますが、例えば桜餅など、季節に合わせた菓子も扱っております。鹿の絵というのは、たいていは紅葉と一緒に描かれますので……」

なるほど、と文七郎は頷いた。

「そうすると、秋になるとここから出して、店の方へ飾っているのだな」

「左様でございます。数が多いので一度にすべてというわけには参りませんが、ある年は曾祖父が集めた物、次の年は私が集めた物、というように順番で出しております。また、掛け軸などは虫干しをしなければなりませんので、ずっとここに仕舞いっ放しということはありません。守り神でございますから大事にしております。どうぞご安心ください」

「いや、心配などまったくしていない」

文七郎は強く言い切った。鹿などどうでもいい。あの母子の幽霊にまつわる物がないかを調べるために自分はここにいるのだ。

再び蔵の中を見回した。店で使う道具を除くと、そう何度も出し入れするような物はない。虫干しというのは土用干しとも呼ばれ、梅雨明けの土用の晴れた日を選んで行われることが多い。今はまだ春の終わりだから、もう少し先の話だ。だから甚五郎の曾祖父などが集めた物を収めた箱が開けられたのは、去年の秋が最後だろう。祖母の着物が入った長持に至っては、虫干しが行われた夏から開けられていないに違いない。

それらの箱や長持の中身は考えなくていい。足音は十日ほど前から始まっているから、疑うべきはその辺りで新たに蔵に収められた物だ。あるとすれば、それは甚五郎が集めた物を入れた箱の中だと思うが……。

「おい筑波屋、いちばん最近手に入れた、鹿にまつわる品は何だ?」

「はい、それはこちらの……」

甚五郎が頬を緩めながら左側に置かれた箱の蓋を開けて、中から一本の煙管を取り出した。

「知り合いの錺師に作らせた物でございます。どうぞ、お手に取ってご覧ください、この細い雁首に鹿が彫られているのです」

「そんな細かいものは、さすがの俺でも薄暗くてよく見えん……何度も言うが、道具というのは使われてこそだ。新たに作らせたのなら、これまで持っていた古いのを蔵に仕舞って、今はそれを使うようにすればいいのではないか」

「鹿は筑波屋の守り神でございます。それで煙草を吸うなんて畏れ多いことはできません。日頃私が使っているのは何も飾りのない煙管でございます」

「ふうん」

筑波屋がどんな煙管を使うかはどうでもいい。肝心なのはこの鹿の彫られた煙管があの母子の幽霊とつながりがあるかどうかだが、それはなさそうである。あの子の父親と関わりがある物だと無理やりこじつけようとしても、そもそも甚五郎が頼んで作らせた煙管だから駄目だ。

「……念のために訊くが、この煙管を蔵に入れたのはいつ頃だ?」

「ふた月ほど前でございます」

文七郎は、ぽいっ、と煙管を箱の中へ放り投げた。入れられている他の中身とぶつかって、がちゃがちゃと耳障りな音を立てた。

「ああ、なんてことを」

甚五郎は慌てて箱に手を突っ込み、中の物に傷がついていないか、ひとつひとつ取り出して調べ始めた。幸い壺や皿には当たらなかったようで、割れてはいなかった。掛け軸の類も細長い桐箱に収められていたので無傷、根付や印籠なども無事だったらしい。甚五郎は文箱を細かく調べていたが、やはり傷は付いていなかったと見えて、安心したように、ふうっ、と息を吐き出した。

「俺の聞き方が悪かった。足音が始まった十日ほど前に、新たに入れられた物はないか、と聞きたかったんだ」

「はあ、ございません」

「そうか」

置かれているのは十日よりも長く蔵に仕舞われている物ばかりだ。もし母子の幽霊と関わりがある物が紛れ込んでいるなら、もっと前から出てこないとおかしい。

――しかし、あの母子は蔵の中へと消えていった。

分からん、と文七郎は首を振った。そして、埃っぽいし黴臭くもあるから、ちょっと表に出て休むか、と考えながら、もう一度蔵の中を見回した。

いちばん奥に置かれている箱の所で文七郎の目が止まった。甚五郎の父親が集めた鹿にまつわる物が入っている箱だが、上に大きな背負い籠が載せられ、その中に古そうな鍋や釜が幾つも入れられている。

「筑波屋……鹿はこの店の守り神だったよな。そのわりには、あの箱は大事にされていないような気がするが」

文七郎は手前にある長持や行李などの間を無理やり通り抜け、その箱へ近づいた。背負い籠を押して少し傾けてみると、箱の蓋の上にその跡がついているのが見えた。埃が積もっているのだ。長くこのままで置かれていたようだ。

「箱の中身は順番で出しているという話だったが、これについては、とてもそうは見えないのだが」

「ああ、それでございますか」

自分が買い集めた物が収められている箱の中身をすべて確かめ終えた甚五郎は、丁寧に蓋を閉めながら答えた。

「その箱だけは開けずに置かれております。そうするように、と亡くなる前に父が言ったものですから。そもそも父は、祖父や曾祖父と違って鹿の物を集めるのにさほど熱心ではありませんでしたので、亡くなる三年くらい前からずっとその箱は蔵のいちばん奥に押し込まれたままでございます」

「ふうむ」

甚五郎の父親は七年前に亡くなったと聞いたから、十年ほどは手つかずのままで置かれているらしい。

中身はどうせ、甚五郎の方の箱に入っているのと似たようなものだろう。長い間ここにあるのだから、あの母子とも関わりはあるまい。わざわざ開けて調べるまでもないだろう。

文七郎は蔵の外へ出てひと休みしようと、箱に背を向けかけた。しかしすぐに、せっかく奥まで来たのだから、ついでに箱の裏側も覗いておこうと思い直した。何か落ちているかもしれない。

背負い籠を横にずらし、埃だらけの箱の蓋の上に手を置いて、向こう側を覗き込む。紙のようなものが落ちていた。これはいったい何だろうと思いながら、体を蓋に乗せるようにして手を伸ばし、箱の裏側から拾い上げた。

「……筑波屋。お前の父親は、どうしてこの箱を開けるなと言ったのだろうな」

「さて、わけを聞いても話してはくれませんでしたので、それについては何とも……」

「あの母子は前にも出たことがあるのかもしれん。父親以外の者が気づかなかっただけで」

文七郎は手に持っている紙をひらひらと振った。

「何でございますか、それは」

「御札だよ、御札。どうやらこの箱の蓋に貼られていたものが剝がれたようだ」

文七郎は体を起こすと、背負い籠を元のように戻した。それから甚五郎がいる所まで戻り、拾った御札を手渡した。

「貼り直しておけ。それと、どこかで新しい御札を貰ってきて、それも貼っておけ」

「そうすればもう、足音に悩まされることはなくなるのでしょうか」

「さあな。今のところ怪しそうなのはそれだけだ。貼り直してから様子を見るしかない。それで駄目だったらまた俺を呼べ。とりあえず今日はこれで終わりにしよう。いつまでもこんな所にいたら息が詰まる」

文七郎は蔵の戸口の手前に立っていた定八を押しのけて外に出た。そして、大きく息を吸い込みながら伸びをした。

五

「……ただ今、店の者に手土産の菓子を用意させております。それから、些少ながらお礼も包みました。こちらもお収めください」

お帰りになる前に茶を一服どうぞ、と言われて客間に通された文七郎は、少し間を空けてやってきた甚五郎にそう告げられた。

もちろん初めから礼金をせしめるつもりで来たのだが、一応は断る振りをする。

「いや、まだあれで母子の幽霊が出なくなると決まったわけではないからな。礼をいただくのは早い」

「そうおっしゃらずに。これはご足労いただいたことに対する、ほんの気持ちでございます。ぜひ受け取ってください。もし足音が消えたら、また改めてお礼をさせていただきますので」

「ふむ。そこまで言うのなら仕方ないな」

文七郎は心の中ではにやにやしながら、しかし顔は引き締めたままで甚五郎の差し出した礼金を受け取った。

「おい、定八」

文七郎が金を素早く懐へねじ込むのを見届けた甚五郎は、客間の外へ向かって呼びかけた。すぐに定八が客間に入ってくる。茶と、二切れの羊羹を載せた皿が置かれた盆を手にしていた。

「お帰りになる前に、こちらをお召し上がりください」

「う、うむ。茶はありがたいが、羊羹は結構だ」

「遠慮なさらずに。うちの自慢の菓子でございます」

「いや、実は甘い物が苦手でな」

「それならなおさらお召し上がりください。ささ、どうぞ」

よほど自信があるのだろう。妙に押しが強い。

礼金を受け取った手前、これ以上は断りづらい。文七郎は渋々といった感じで羊羹へ手を伸ばし、口へと運んだ。

「いかがでしょうか」

「うむ……甘くないな」

「左様でございましょう。うちの羊羹は甘さを控えた品のある味で評判なのでございます」

甚五郎は満足そうに頷いた。

――いや、そうじゃなくて……。

確かに甘くない。それどころか、苦い。焼き過ぎた秋刀魚の、焦げた部分を固めた物を食っているみたいだ。

うちの糞じじぃのせいだ。あの悪霊め、と文七郎は心の中で自らの祖父を罵った。

――しかし、まだ不味いというのは、どういうことだ。

頼まれたことをやり終えたのだ。味が戻らないとおかしい。

これは、あの御札を貼り直してもあの母子の幽霊は出続けるということか。それとも案の定、伊勢次のやつがしくじったから、そちらもお前がどうにかしろと言うことなのか。

とりあえず伊勢次に会って話を聞いてみるか、と考えながら文七郎は茶を手に取り、苦い羊羹を無理やり飲み下した。

小料理屋芳松の夜

一

北本所の荒井町にある小料理屋、芳松《よしまつ》の前に伊勢次はいる。

江戸には名の知れた料亭や料理屋がいくつもあるが、この芳松はそのような店とはかけ離れている。良い酒を出すし、主人の料理の腕も確かなのだが、悲しいことに世間にはまったく名が通っていない。「知る人ぞ知る」と言えば聞こえがいいが、芳松の場合は本当に「知っている人しか知らない」店であり、しかも「知っていても、たどり着けるとは限らない」店なのだ。

これは建っている場所が悪いせいである。本所の辺りはただでさえ道が入り組んでいるが、芳松は表通りからさらに狭い路地に入った先の、裏長屋の木戸口の横に店を構えている。その長屋の表店なのだが、路地の入口からだと少し引っ込んでいて表通りから直には見えない。だからその路地は、裏長屋へ続いているだけのように思えてしまう。そのため、まったくの余所者だとそこに店があると気づかないのだ。

——こちらとしては、他の客が少ないのは静かでいいが……。

よくまあ潰れないものだな、と呟きながら伊勢次は芳松の二階を見上げた。

この場所には元々、近所の人を相手にする小さい八百屋と味噌屋が棟続きで並んでいた。間口は両方とも一間半だ。それらの店が潰れた後に二軒とも借りて、片方は飲み食いをさせる場所、もう片方は料理を作る板場として使うようにしたのが芳松という料理屋である。

この手の店は、二階は働いている者が寝る場所になっている所も多いが、芳松ではそこを静かに酒や料理を楽しみたい人のための座敷として使っている。店主とおかみさんは裏店に部屋を借りて住んでいるし、もう一人いる若い料理人も別の場所から通っているらしい。

——特に二階は落ち着けるからいいけど、ちょっと面倒臭いんだよな。

棟続きになっているとはいえ元々は別の二軒の家なので、二階にある二つの座敷は壁で仕切られている。隣の部屋へ行こうとすると、いったん梯子段を下りて裏口を抜け、もう一方の裏口から入ってまた梯子段を上がらねばならない。店の者はともかく客がそんなことをする必要はないのだが、厠は裏の長屋のものを使っているので、その時にちょっと面倒なことになる場合があるのだ。酔っていると、どちらの二階を使っていたか忘れてしまうのである。酒に強い者は平気なのだろうが、伊勢次は少し口にするだけで頭がまともに働かなくなる人間なので、下手に飲むと店をうろうろすることになる。

——まあ、今日は相手があの人なので、こちらに酒は回ってこないだろう。

それは助かるが、と思いつつ、伊勢次は少し顔をしかめた。本日ここで会う相手は、武井文七郎なのである。

片や薬種屋の跡取り息子、片や貧乏御家人の七男坊という、置かれている立場も身分もまったく違う二人であるが、祖父の幽霊に悩まされている者同士として、互いに妙な仲間意識を持っていた。それでたまに会って、祖父に対しての策を練ったり、愚痴や文句を言い合ったりしている。しかし事が事だけに、あまり他の人の耳へは入れたくない。それで二人は、この芳松という店をよく使っているのだ。

文七郎は酒好きだが、貧乏で滅多に飲めないので、二人で会う時は伊勢次の分まで取ってしまう。食い意地も張っているので、不味く感じない時には料理もほとんど文七郎が平らげる。もちろんそれは伊勢次も納得済みだ。当然、勘定は伊勢次がすべて持っている。祖父の左五平が「伊勢次のために」と残した金があるので、それを使っていた。

——武井様は、まだ来ていないようだな。

伊勢次は二階を見上げるのをやめ、芳松の横にある裏店の木戸口の方へと目を移した。二階の座敷を使う場合、客は裏口から入る。戸を開けるとすぐに梯子段があるからだ。その裏口は木戸口の脇から回り込むようになっている。

すでに下の店の方にいた店主に話が通っているので、伊勢次はそのまま裏口へ回ろうと足を踏み出した。しかし話し声が聞こえてきたのですぐに立ち止まった。裏口から人が出てきたようだった。

裏口へ行くには板塀との間の狭い隙間を通らねばならない。大人だとすれ違うのがやっというくらいなので、伊勢次は出てきた人たちを先に行かせようとその場で待った。

しばらくすると、木戸口の所に二人の男が現れた。ひとりは貧相な面をした五十手前くらいの男で、もうひとりは三十過ぎくらいの、総髪の男だ。妙な取り合わせだが何者だろうかと思いながら脇へよける。二人は伊勢次に軽くお辞儀をして、すれ違っていった。

見送っていると、貧相な方の男が店の表戸の前で立ち止まり、総髪の男の方へ向かって「店主に挨拶してきますので、先生はここで待っていてください」と告げているのが聞こえた。貧相な方が芳松の中へ入っていく。

――ふうん、先生と呼ばれる人なのか。

総髪の男は懐に何かを入れているらしく、それを手で押さえるようにしながら、芳松に背を向けて佇んでいる。もし医者なら薬種屋の若旦那として声のひとつも掛けようかと思ったが、どうもそれとは違うようだ。儒者にも見えない。手習の先生とか、あるいは何かの芸事を教えている人なのかな、と考えながら眺めていると、やがて貧相な方が出てきて、連れ立って行ってしまった。

伊勢次は二人が通りの向こうへと消えるのを見届け、それから芳松の裏口へ向かうために歩き出した。

二階の座敷で待っていると、梯子段の方から音が聞こえてきた。何者かが上がってきているのは確かだが、はっきりとした足音ではない。踏板の軋む音だけが近づいてくる。

――この上がり方は武井様だな。

見通しの利く場所では堂々と大股で歩く文七郎だが、狭い建物の中では、かなり慎重に足を運ぶ。武井家の借金の返済のために今までに何度か「うまい話」に乗り、それで危ない目に遭ったことがあるので、このような癖が付いたらしい。

伊勢次は閉じてある襖を見つめた。八百屋や味噌屋として使われていた頃は特に仕切りがなく、梯子段を上がるとそこはもう二階の部屋、という造りになっていたようだが、芳松で客を通す座敷となってからは、梯子段との間に襖が取り付けられている。下の店の声でうるさくなるのを避けるために建具屋を入れたそうだ。

梯子段を上がりきった足音が襖の向こう側で止まった。どんな風に入ってくるかな、と思いながら待っていると、いきなり襖が大きく開き、腰の刀に手をかけた文七郎が勢いよく飛び込んできた。

——ああ、足で襖を開けたよ。

この人はいつもそうだ、と呆れはしたが顔には出さず、「武井様、お待ちしておりました」と伊勢次は丁寧に頭を下げた。

文七郎は部屋を見回し、伊勢次しかいないのを確かめてから「うむ」と頷いた。それから襖の向こう側に戻り、そこに置きっ放しにしていた風呂敷包みを手に取って、再び座敷の中に戻ってきた。腰を下ろして伊勢次の方へ包みを押しやる。

「手土産だ」

「はあ……恐れ入ります」

これは珍しいこともあるものだ、と思いながら伊勢次は受け取った。文七郎の顔をちらちらと窺いながら包みを解くと桐の箱が出てきた。これは伊勢次も見たことがある。筑波屋の菓子だ。それも店の看板と言ってもいい、進物などにするやたらと値の張る羊羹である。

「箱の底も見てみろ」

文七郎が言うので、伊勢次は首を傾げながら箱の蓋を外した。紙に包まれた羊羹が二本入っているのを出す。すると底に、袱紗があるのが見えた。

「これは？」

「金だ。お前のところに溜まっている薬代の支払いだよ。まだ足りないだろうが、ある時に返しておかないとな」

「それはありがとうございます。うちの番頭に渡しておきます……あの、武井様。どうしてわざわざ箱の底に？」

別々に渡せばいいのに、いちいち面倒臭いやり方だ。

「いや、ほら、よく聞くだろう。ちょっと悪そうな商人が『何卒よしなに』とか言って偉そうな侍に金を渡すやつ。だけど俺は貧乏御家人の七男坊だから、そういうのにはまったく縁がない。一度やってみたかったんだよ」

「あ、ああ、なるほど……」

伊勢次にも縁のない話なので、本当に菓子箱の底に金を隠したりするかどうかは分からない。だが、融通を利かせてもらいたい商人が色々工夫して役人に袖の下を渡すことがある、とは耳にしている。しかし……。

「これだと立場が反対なのではありませんか。私が武井様に渡すなら分かりますが……」

「そうなんだよな。俺も、何かおかしいぞ、とは思ったんだよ。そこの梯子段を上がっているあいだに」

「は、はあ……」

筑波屋からここまで結構あるのに、どうして歩いてくる途中で気づかないのかね、と首を傾げながら伊勢次は桐箱の蓋を閉めた。風呂敷に包み直しながら訊ねる。

「……すると、武井様の方はうまくいったということですね」

伊勢次と文七郎がそれぞれ相州屋と筑波屋に泊まり込んだのは一昨日の晩のことである。昨日の昼間も二人は顔を合わせており、伊勢次はその時に文七郎が筑波屋へ行ったことを聞いたのだ。

しかしその時は前夜の幽霊退治の後で互いに眠かったせいもあり、少ししか話をしなかった。とりあえずもうひと晩、様子を見てから話し合おうとなったのである。だから今日は、伊勢次は相州屋に、文七郎は筑波屋に寄って、昨晩は足音の主が出たかどうか訊いてからここへ来たのだ。

「うむ。やはり蔵の中にあった箱を御札で封じたのが良かったらしい。ところで、お前は今、『武井様の方は』と言ったが、それはつまり……」

「はあ、その通りでございます」

伊勢次は肩を竦めた。いつもはかみさんの実家に泊まり込んでいる安兵衛が、昨晩は試しに相州屋で寝てみたそうだ。伊勢次が随分と自信ありげに「その櫛と笄を手放せば足音はなくなります」と言い切ったものだから、安心して寝ていたらしい。ところが夜半過ぎに足音で起こされてしまった。前とまったく変わることのない歩き方だったという。

「さっき顔を出した時に、相州屋さんから散々文句を言われました。『粋な野暮天野郎』などという、どんなやつだか分からない呼び名まで賜ってしまいまして」

あれだけ堂々と女心について言い切ったのに、それが間違っていたのだから仕方がない。伊勢次の方は平謝りだった。信用を失ってしまったのだ。これは商人にとってはもっとも避けるべきことである。だから伊勢次は、また近いうちに訪れて必ず幽霊を退治する、と安兵衛に約束してしまった。

「あの櫛と笄の他には、怪しい物はなかったのですが……」

伊勢次は溜息をついた。約束はしたものの、再び相州屋に泊まったところで為す術がない。

「相州屋の客間に置いてある物をすべて箱に放り込み、御札を貼って封じてしまえばいいのではないか。俺のように」

「武井様の方は元々が箱に入れてあった物ですから筑波屋さんも文句はないのでしょうが、相州屋さんはそれを嫌がるのです」

骨董集めの仲間の、日野屋菊左衛門に自慢するためだ。安兵衛にとっては、幽霊が出ることよりもそちらの方が大事らしい。

「もう本音では相州屋さんのことを放っておきたいのですが、祖父が……」

左五平は納得するまい。かみさんを相州屋に戻す、という約束も果たせなかった上に、信用まで失ってしまったのだ。相州屋の件が片付くまでは、左五平は伊勢次をことさら怖がらせるような不気味な姿で出てくるに違いない。

「そうだ。じじぃが悪いのだ」

文七郎は自分の膝を叩きながら言った。

「まったくあの悪霊のせいで飯が不味くて敵わん」

「申しわけありません」

それについては文七郎の方の祖父の十右衛門がしていることだから謝る必要はないのだが、相手の機嫌を直すために伊勢次は頭を下げた。

「相州屋の方がうまくいっていれば、今頃は味も戻っていたでしょうに」

「うむ。だがまあ、お前のことだからどうせ駄目だろうとは思っていた。だから構わん。相州屋の方も俺が何とかしてやる」

「えっ、本当でございますか」

「じじぃのせいで、俺は二本取らねば味が戻らないのでな。今のところはまだ、一本だけしか取っていない」

「はあ……よく分かりませんが、そうしていただけると助かります。しかし、先ほども申したように、相州屋さんは客間にある物を手放したり仕舞ったりするのを嫌がりますので、武井様が筑波屋でしたような手は使えませんが……」

「これを試してみる」

文七郎は、腰から外して後ろへ置いてあった刀を手に取り、ゆっくりと抜いた。ぐねぐねとした読めない字が書かれた紙がぺたぺたと貼ってあるのが伊勢次の目に入った。

「悪霊除けの御札だ。うちのじじぃが言うには、一応は効き目のあるものらしい。しかし当の悪霊の言葉だからな。どこまで信用していいのかは分からん。それで筑波屋で試してみようと思ったのだが、出てきたのが女子供だったから使えなかった」

「あの……相州屋で私が見たのも、女だったのですが」

髪を振り乱し、目の辺りが黒い穴のようで、しかも下顎がなくなっている女だ。昨日会った時にもそう文七郎に説明したはずなのだが、どうやら忘れてしまったらしい。

「あ、そうなのか。それならやめておく。やっぱりお前がどうにかしろ」

「いやいやいや」

伊勢次は体を前に倒し、すがり付くように文七郎の方へ手を伸ばした。

「私が行ったところで、もう打つ手がないのです。それこそ幽霊を怖がりに相州屋へ行くだけになってしまいます」

「しかし、なるべくなら女は斬りたくない」

「そこを何とか……幽霊を斬る、と思わなければいいのではありませんか。斬るのはあくまでも、その者をこの世に縛り付けている未練である、とお考えになれば……」

「お前、なかなか口がうまいな。さすが伊勢屋の跡取り息子だけのことはある」

わずかに頬を緩めながら、文七郎は刀を鞘に戻した。

「ま、相州屋の幽霊をどうにかしないと飯の味が戻らんのだから、いずれにしろ俺は行かねばならん。ただし、そのことでそっちのじいさんはお前に文句を言うだろう。それは諦めろよ」

「致し方ありません」

武井十右衛門の孫の手を借りたとなると、左五平は不満を持つに違いない。この祖父同士は生前から反りが合わなかったのだ。厳格な武士と茶目っ気のある商人だから合わないのは当然だが、死んだ後まで続けている。まったく困ったものだ。

文七郎が相州屋の件を片付けると、左五平は毎晩のように出てきて伊勢次を怖がらせるに違いない。しかし自分が相州屋に行って、またあの女の幽霊に遭うよりはましだ。

「武井様、相州屋の件をよろしくお願いいたします」

「うむ。幸いなことに酒の味は変わらない。相州屋では好きに飲んでいいという話だったな。大喜びで行かせてもらうよ」

相州屋に出る幽霊は女である、という肝心なことは覚えていなかったくせに、酒についてはしっかり耳に残っていたようだ。

さすが武井様らしい、と感心しながら、伊勢次は文七郎に向かってまた頭を下げた。

二

芳松の店主の多兵衛《たへえ》が酒の載った膳を持って部屋に入ってきた。

料理の注文を聞かれたので、酒だけで結構だと伊勢次は答えた。食い物が不味く感じるようになっている文七郎は何も食べないだろうし、そうなると伊勢次だけ料理を口にするわけにはいかないからだ。

これだと酒の飲めない伊勢次はまったく何も口に入れないことになって腹が減るが、帰りにどこかの物陰に隠れて羊羹の一本食いをすればいいや、と甘い物好きの伊勢次は思った。

「多兵衛さん、先ほどどこから出ていった二人連れがおりましたでしょう。あの人たちは何者ですか」

酒を置いて部屋を出ていこうとする多兵衛を呼び止めて、伊勢次は訊ねてみた。総髪の男の方が何の先生なのかずっと気になっていたのだ。

「ああ、あれは古道具ですよ」

意外な答えが返ってきたが、多分それは五十手前の貧相な男の方だろうと納得した。知りたいのはもう片方だ。

「若い方の人が『先生』と呼ばれているのを耳にしたのですが」

「さて、私もよく分からないんですが、多分、その手の物の目利きをする先生か何かじゃないでしょうかね。少し前からうちに顔を出すようになったんですよ。この二階に飾ってある物を売ってほしいと頼みに来るのです。毎日とまではいきませんが、三日に一度くらいは来ていますよ。しつこいけど、ついでにうちで飯を食ってくれるので助かります」

「へえ……」

伊勢次は部屋の中を見回した。元が八百屋の二階で、家の者が寝るだけの場所だったから床の間のようなものはない。しかし料理屋の座敷として何もないのは寂しいと考えたのか、部屋の隅に板を置いて、その上に壺が置かれている。また、壁には掛け軸も下げられていた。

「ええと、確か隣の部屋には……」

もう片方の部屋にも何度か入ったことがあるので、伊勢次はそちらの様子も頭に思い浮かべた。元は味噌屋の二階だった部屋で、造りはこちらと同じだが、前に住んでいた人が部屋に棚を設えていた。多兵衛はそれをそのまま残して、上に鯉や蛙などの置物などを並べていたはずだ。この部屋と同じように壺と掛け軸も飾られていたように思う。

祖父の左五平と違って、伊勢次は骨董の類に興味はない。だから確かなことは言えないが、わざわざ古道具屋が通ってきてまで欲しがるような物があるとは思えなかった。

それでも、あえて言うなら壺と掛け軸だろうか……と考えながら改めて部屋の隅へ目をやった。壺は何の飾り気もない薄茶の物だ。掛け軸は梅に鶯という、これまたどこにでもありそうな絵である。

「ええと、古道具屋さんは、どれを欲しがったのでしょうか」

「二階にある物すべてです。隣にある鯉とか蛙の置物を含めて」

「ほう」

伊勢次は目を丸くした。やはり自分にはこの手の品物のことは分からない。

「それで、売ることにしたのですか。いったい幾らくらいの値で」

「いや、実はここにあるのはすべて借り物でございましてね」

多兵衛は笑みを浮かべながら首を振った。

「ですから、そもそも初めから売るなんてことはあり得ないのですよ。実は私は、向島にある小梅という料亭で長く修業をしていたのです。私がこの店を出してからも小梅の店主は色々と気にかけてくれまして、ここの座敷に飾る物をただで貸してもらえるのです。三カ月に一度、小梅へ替えの掛け軸を借りに訪れています。さすがにお客様を通す部屋なので、季節に合わない絵があったら妙でございますから。その際に、壺とか置物とかも良さそうな物があれば借りてくるのです」

「なるほど」

今は春だから梅と鶯の絵になっているらしい。多分、来月になったら向島へ行って、夏の絵と取り替えてくるのだろう。

「そんなに頻繁に絵が替わっているなんて、何度かここへ来ているのにまったく気づきませんでした。無粋なもので、申しわけありません」

伊勢次が謝ると、多兵衛は、いやいや、と首を振った。

「私も似たようなものですよ。季節に合った絵を選んできて、適当に飾って終わりです。じっくり見たこともありません。小梅の方はその辺りもしっかりしていて、ひと月ごとに掛け軸を替えます。十二幅で対になっている絵などもありましてね」

「さすが小梅だ」

訪れたことはないが、小梅は伊勢次でも耳にしたことがある料亭である。やはり名のある店はそういう心配りも細かい。

「しかし、もし間違って十二幅で揃っている掛け軸のうちのひとつを持ってきてしまったら、小梅の方が困るでしょうね」

「持ってきたところで何も困りませんよ。別の絵を飾ればいいだけです。小梅の蔵には、掛け軸とか壺が沢山あるのです。あちらはお客様をお通しする座敷も多いですから。季節で一揃いになっている物もあれば、そうじゃない物もある。今そこに掛かっている絵も、元は他の季節のものと対になっていたのかもしれませんが、蔵の中には見当たらなかった。売り買いを繰り返しているうちにばらばらになったのでしょう」

「ふうむ。そういうことなら、ここへ来ていた古道具屋さんも小梅の方へ行けばいいのに。買いたいなら、そちらの店主と話を付けなければならない」

「そうなんですよ。私もそう言ったんですけどね。なぜかこっちに来る。まあ、近頃は売ってくれなんて言わなくなって、大人しく飲み食いして帰るだけなのですが」

「それはようございました」

多分、何度も来ているうちに芳松の料理の味が気に入ったということなのだろう。

「ところでこの店には……幽霊なんて出ませんよね」

伊勢次が幽霊退治に訪れた酒屋の相州屋には、掛け軸や壺、置物などが沢山置かれていた。文七郎が行った筑波屋の方にも、話に聞いたところでは鹿にまつわる絵や置物などが、やはり山ほどあったという。この芳松も同じように掛け軸や壺があるので、伊勢次は何となく思い立って訊いてみた。

「は？」

多兵衛は怪訝な顔をした。それも当然だとすぐに伊勢次は後悔した。妙な噂が立ったら商売に差し障りが出る。自分も薬種屋の若旦那なのに、そこまで気が回らなかった。

「申しわけありません。出るわけがありませんね。気を悪くしないでください」

「いや、気なんか悪くしていませんよ。謝ってもらうことなどありません。ただ、どこで耳にしたのかな、と思いましてね」

「……と、言うことは」

「出ますよ、うちの店」

「えええっ」

伊勢次は驚いて大きな声を出してしまった。それまで二人の話に興味を持たず、黙って酒を舐めていた文七郎も、顔を上げて多兵衛を見た。

「うちはほら、芸者をあげて夜通し大騒ぎする、というような店ではありませんでしょう。近所の人が飲み食いに来るだけなので、だいたい夜の四つを過ぎたら閉めてしまう。私と女房は裏の長屋に部屋を借りて住んでいるし、雇っているやつも自分の家に帰っていく。だからここは、夜中は誰もいなくなるんですよ。ところが……これは私どもと同じ裏の長屋に住んでいる人に聞いたのですが、たまに、明らかに誰かいる気配がするのだそうです。何者かがうろついている足音がする。それで私も何度か、夜中に叩き起こされたことがあります。盗人が忍び込んでいるのではないかということで。しかし調べても誰もいない。そういうことが年に数回あります」

「あ、毎晩出るわけではないのですね」

伊勢次は少しほっとした。それなら相州屋や筑波屋とは事情が異なる。

「ううん、どうでしょうかね。出る時は続けて出るが、出ない時はしばらく出ない、というような感じでしょうか」

「おい、店主」

文七郎が口を挟んだ。

「最近、その気配があったのはいつだ？」

「はあ、ついこの間でございます。うちよりも遅くまで開けている飲み屋が、ここから少し歩いた所にあるのですが、裏の長屋の住人で、そこで酒を飲んできた人が夜の九つ頃に帰ってきて、うちの前を通ったのです。そうしたら中で人の気配がする。その人は前にもそういうことがあったので騒がず、翌朝になってから私に知らせてくれたのです。もちろん調べましたが、何者かが入った様子などまったくありませんでした」

「この店のどの部屋で気配がするかは分かっているのか」

「いえ、恐らく二階だということですが、どちら側の座敷かということまでは……」

「ふむ」

文七郎はなぜかそこで、伊勢次の顔を見てにやりと笑った。これは良からぬことを企んでいるな、と首を竦めていると、案の定、文七郎は多兵衛に向かって告げた。

「店主、今夜ここに俺と伊勢次が泊まってもいいかな。俺たちで幽霊を退治してやるから」

やっぱりだ。そう言い出すと思った。筑波屋で礼金をせしめたので、味を占めてしまったに違いない。さほど繁盛していない料理屋だから金は期待できないが、少なくとも酒や食い物にはあり付けるだろう、などと考えているに決まっている。

「武井様、何ということをおっしゃるのです。急にそんなことを言われたら、芳松さんは困ってしまいます。ご迷惑をおかけするわけにはいきません。ここは日を改めて……」

「あ、いや、こちらは構いませんよ。まったく迷惑ではありません」

「芳松さん……」

迷惑しているのはこの自分である。その気配を察して、どうか話を合わせてくれませんかね

……と伊勢次は心の中でお願いしつつ言葉を続けた。

「……いきなり私どもがいたら近所の人が驚いてしまいますよ。ああ、また足音がするって。それで夜中に芳松さんを起こすかもしれない。ほら、迷惑でしょう。そうならないように、やはりここは日を空けてですね、こういう男たちが泊まります、とご近所の人に知らせて回ってからにしないといけません」

「そんなのはすぐですよ。夜中にうちの前を通るのは裏の長屋の住人だけですから、そいつらに教えるだけで済む。何なら今から知らせてきましょうか。大半は外に仕事に出ているが、幸いみんな所帯持ちだ。かみさんに伝えておけばいいでしょう」

「あ、いや、ちょっと待って……」

伊勢次は止めようとして、腕を前に伸ばしながら声をかけたが、多兵衛はあっという間に座敷から出ていった。

「うう……」

伊勢次は手をぱたりと下に落として、嘆くような声を漏らした。それを聞いた文七郎が、ふん、と鼻で笑った。

「俺がここの幽霊退治をすると言い出したのは、芳松の親父に恩を売ることで、ただで酒や食い物にあり付けるようにするためだ……という風にお前は思っているだろう」

「違うのでございますか」

「いや、その通りだ。しかしそれだけではないぞ。俺が行った筑波屋や、お前が訪れた相州屋にも壺や掛け軸があった。置物などもだ。それで、少々気になってしまってな。俺は、お前がしくじった相州屋にも幽霊退治に行くことになっている。櫛と笄ではなかったが、他の物に幽霊が憑いているということも考えられるだろう。ここに泊まれば、もしかしたらそれが分かるかもしれないと思ったのだ」

「それは、どうでしょうか」

相州屋に出たのは髪を振り乱した女で、筑波屋に現れたのは悪戯小僧とその母親の幽霊だった。当然、この芳松にはまた別の幽霊が出てくるはずだ。

幽霊が違うのだから、もし何かの道具に取り憑いていたとしても、同じ物だとは限らない。

「もちろん俺の考えが間違っている、ということも十分考えられる。しかし万が一ということもあるから、こちらを先に調べたいのだ。相州屋に出てくるのは女の幽霊だろう。なるべくなら斬らずに済ませたいんだよ」

「ここに出てくるのも女かもしれませんが」

「男かもしれん。半々だから博奕みたいなものだが、あっちはもう女だと決まっているのだから、今夜はこちらに泊まる方がいい。相州屋は明日の晩だ」

「……私は帰ってもよろしいでしょうか」

「相州屋に泊まるのは俺ひとりでいい。ただ俺はそこの店主のことを知らんから、紹介だけはしてくれ。いきなり俺みたいのが行っても信用されないだろうからな。そうしたら伊勢次は帰っていい。しかし、この芳松は二人いないと困る。座敷が二つあって、行き来するのが面倒な造りだからだ」

どうやら二手に分かれて見張るつもりらしい。どちらに幽霊が出るのか分からないのだから正しいやり方だ。しかしそれは御免だ、と伊勢次は思った。もし自分の方に出たら大変だ。ここの造りではすぐに助けを呼べない。

「いや、その、急に余所に泊まったりしたら店の者が心配しますから。騒ぎになるかもしれない。だから、私は帰らなければ……」

「ここで働いている若いやつに伊勢屋まで伝えに行ってもらえばいいだろう」

「いや、それでは困るのです」

料理屋の人間が行って、今夜はうちに泊まるだなんて伝えたら、伊勢屋の者たちは何と思うか。「ああ、また放蕩息子が女遊びをしていやがる」と誤解するに違いない。

「とにかく今夜はここで幽霊を出てくるのを見張る。それで決まりだ」

「ええ、そんな……」

――俺は伊勢屋の跡取り息子として、真面目に店の仕事を覚えようと思っているのに。

どうしてうまくいかないのだろう、と伊勢次は嘆いた。

三

伊勢次は初めに上がった、元々は八百屋の二階だった方の座敷にそのまま残った。文七郎は隣の座敷に陣取って幽霊が現れるのを待っている。

夜の四つ過ぎに店を閉めた後も多兵衛は何だかんだと二人に世話を焼いていたが、半時ほどしたら裏の長屋へ帰っていった。それから少し経ったから、今は九つの手前辺りだろう。

出るとしたらそろそろかな、と思い、伊勢次はぶるぶると体を震わせた。

「武井様、起きていらっしゃいますか」

黙っているのも怖いので、壁越しに声をかけてみた。返事はない。

もう一度、今度は壁を叩きながら先ほどより声を張り上げて訊くと、少しして面倒臭そうな返事が聞こえてきた。かなり小さく、そしてくぐもった声だった。安普請に見えるが、壁の造りはしっかりしているらしい。こんな場末の棟続きの長屋など張り切って建てなくていいのに、と伊勢次は心の中で大工に文句を言った。

まったく迷惑な話だ。ただでさえ造りが面倒な上に、助けを呼ぶ声も聞こえづらいとなれば、いかに素早く逃げられるか、ということを考えておかなければならない。

伊勢次は部屋の隅に置かれた壺、そしてその上にある掛け軸へと目を向けた。そもそも文七郎がここへ泊まることを決めたのは、これらが置かれていたからだ。

相州屋で伊勢次が見た女は、壺や掛け軸などが飾られていた客間から現れた。筑波屋で文七郎が出遭った母子の幽霊は、その手の道具類が入れられている箱を封じたら現れなくなった。だからもしかしたらこの芳松に出る幽霊も、何かの道具に憑いているのではないか、という文七郎の考えは正しいように思える。

幽霊が出る時期のこともある。多兵衛によると、出る時は続けて出るが、出ない時はしばらく出ないという。ここの壺や掛け軸などは、三カ月に一度、向島の小梅で取り替えてくるらしい。だから、小梅の蔵の中にある物の中に何かが憑いている道具が混じっており、多兵衛はそれを持ってきてしまったのではないか、という考えが浮かぶ。

もちろん、それは間違いであってほしいと伊勢次は思っている。道具に幽霊が憑いているという話もそうだが、ここに幽霊が出るということ自体が、多兵衛の冗談であってほしいと願っている。それが駄目でも、せめて憑いているのが文七郎のいる座敷に置かれている物の方であることを祈っている。

――だけど、こっちに現れそうなんだよなぁ。

もし自分が幽霊だったら、文七郎の方へは出たくない。たとえ向こうの座敷にある物に憑いていたとしても、文七郎の隙を突いてこちらの座敷に逃げてくる。

――ううむ、せめて壺や掛け軸からは離れておくか。

伊勢次は立ち上がり、部屋の反対の隅に座った。

頭の中で、いざという時の逃げ方を思い描く。少しでも幽霊が現れそうな気配を感じたらすぐに部屋を出る。その際に、大きな叫び声を上げるのを忘れてはならない。壁の向こうにいる文七郎に知らせるのだ。それから、急な梯子段を尻で滑るようにして素早く下りる。痛いのは我慢だ。そして裏口を抜けて外へ出る。

さて、そこからどちらへ逃げるか。左へ行けば裏長屋の木戸口、右へ行けば隣の裏口だ。

もし文七郎が伊勢次の叫び声を聞いて動いたとしても、まだ隣の裏口まではたどり着けていないだろう。あの人は恐らく、梯子段をゆっくり下りてくるはずだ。それなら裏長屋の木戸口の方へ行った方がいい。その辺りで身を潜めて隠れるのだ。もし幽霊が追いかけてきていたら、ちょうど隣の裏口から出てきた文七郎と鉢合わせになってくれる。後は文七郎に任せてしまえばいい。

——待てよ……。

これはあくまでも「幽霊が壺や掛け軸などの物に憑いている」という考えに基づいた逃げ方だ。しかし、この芳松に出る幽霊に気づくのは、夜中に店の前を通りかかった裏の長屋の人だという。遅くまで酒を飲んでいた帰りだという話だったが、そう毎日毎晩、飲み歩くわけではないだろう。それに酔っ払って気づかないことだってある。実は幽霊は物ではなくて、この家自体に憑いており、毎晩姿を見せている、と考えることだってできるのではないか。

もしそうなら、二階から出るとは限らなくなる。一階に現れて、梯子段を上がってこの座敷に入ってくることもあり得るのだ。

伊勢次は梯子段の方へ目を向けた。逃げやすいように襖は開けてある。一階には明かりが点いていないので、床に四角い暗闇がぽっかりと空いているように見えた。もしそこから、何者かが上がってきたら……。

——おいおい……。

それは困る。逃げ場がない。二階には部屋がひとつしかないのだ。窓から飛び下りるしかないが、間違いなく怪我をする。尻を擦り剝くくらいなら我慢するが、その程度では収まりそうもない。

いや、確か一階の上に張り出した屋根が窓の外にあったはずだ。幅はさほどなかったが、そこを伝って隣の部屋へ行けば……。

——しまった、雨戸が立ててある。

二人が泊まってはいるが、多兵衛は裏の長屋に帰る際に、いつもしているように戸締りをしていったのだ。裏口は開いているが、通り側は一階の表戸も二階の座敷の雨戸も閉じてある。

――すぐに開けなければ。

伊勢次は立ち上がった。ちらちらと壺と掛け軸を見ながら、窓へと近づく。まず手前にある障子戸を開け、それから雨戸を外そうと手を伸ばす。

――あれ？

伊勢次は動きを止めて耳を澄ました。背後から物音が聞こえた気がしたのだ。

ゆっくりと振り返る。部屋の中には誰もいない。

気のせいか、と胸を撫で下ろしながら、窓の方へ向き直る。その耳に、再び物音が届いた。ぎっ、と板が軋むような音だった。

まさか、と思いながらまた振り返り、息を殺して耳をそばだてた。

少し間をおいて、また板が軋むような音がした。今度はそれが何なのかはっきりと分かった。梯子段の踏板が鳴る音だ。何者かが二階へと上がってきている。

「武井様、た、武井様」

伊勢次は壁を叩きながら叫んだ。返事はない。

もう一度、壁を叩いて声が返ってくるのを待つ。しかし伊勢次の耳に文七郎の声は入ってこなかった。代わりに聞こえたのは梯子段の軋む音だ。さっきより明らかに近くなっている。

「ううっ」

呻きながら梯子段へ目を向ける。音が徐々に大きくなってくる。

ついに相手の姿が見えた。まず目に入ったのは頭だ。月代を剃っている。男だ。

続けて額、目、鼻とゆっくりと下から現れてくる。男前だが人相は悪い。胸のあたりまで見えてきた。瘦せているが、力は強そうだ。腰の下まで目に入る。男は手に刀を持っていた。武士だ。

とうとう梯子段を上りきった。目だけで座敷の中を探るように見回している。その目が、やがてまっすぐに伊勢次を見据えた。

「……呼んだか？」

「た、た、武井様……」

上がってきたのは文七郎だった。

「ひと声かけてから来てくだされればいいのに。なぜ無言で……」

「お前さっき壁を叩いて何か言っただろう。よく聞こえなかったが、わざわざそうするってことは何かが出たに違いないと思ったんだよ。それで、相手に悟られないように静かに来たのだが……」

文七郎はそこでもう一度、目をきょろきょろさせて座敷の中を見回した。

「何もなさそうだな。いったい何の用だ？」

「いえ、壁の厚みを調べようと思って声をおかけしただけでございまして……申しわけありません」

「なんだ、つまらん。次は幽霊が出た時に呼んでくれ。俺がこっちにいる間に向こうに出ていたら癪だから、もう行くぞ」

文七郎は踵を返し、梯子段を下り始めた。あっという間に姿が見えなくなった。

――そろそろ九つだから、夜はあと半分か……。

夜明けまで長いな、と伊勢次は溜息をついた。

四

「おはようございます。いかがでございましたか。何か出ましたでしょうか」

朝の六つが過ぎて辺りがすっかり明るくなった頃に、外から多兵衛の声が聞こえてきた。伊勢次が見張っていた側の裏口にいるようだった。

「ああ多兵衛さん、こっちです」

夜明けとともに文七郎のいた部屋へ移っていた伊勢次は、梯子段の下に向かって大声を出した。するとすぐに多兵衛が裏口を開けて顔を覗かせた。

「何か出ましたか」

「いいえ、何も」

昨夜の伊勢次は、びくびくしながら長い夜を過ごしただけに終わった。文七郎の方にも何も出ず、そちらはいらいらしながら夜を過ごしていた。

「ああ、それはお気の毒でございました」

「そんなことはありませんよ。私はほっとしています」

がっかりしているのは文七郎だけだ。

多兵衛は梯子段を上がり、部屋の中に入ってきた。隅に文七郎が座っているのを見て、そちらへ頭を下げる。

「せっかくお泊まりいただいたのに、無駄になってしまいましたようで」

「気にするな。俺の方から頼んだことだ」

「申しわけありません。数日前に裏長屋に住む男が気配を感じましたので、今は出る時期なのかと思ったのですが……違ったようです」

多兵衛は再び文七郎に向かって頭を下げ、部屋を出ていった。しばらくすると下でがたがたと始まった。店の表戸を開けているらしかった。

その音に耳を傾けながら、文七郎が残念そうに呟いた。

「……ううむ、あわよくばここの幽霊も勘定に入れて、伊勢屋の孫より先に二本取ったぞとうちの悪霊に告げるつもりであったのだが……。出なかったのなら仕方がない。今日のところは引き分けということにしよう。やはり勝負は相州屋で決めるしかなさそうだ」

「武井様。昨日もおっしゃっていましたが、二本取ったらどうとかいうのは何でしょうか」

「うちのじじぃのたわごとだ。どうも幽霊退治を剣術の試合か何かと思っているらしいな。お前は気にしなくていい」

文七郎はそう言うと、部屋に飾られている掛け軸を見た。

「……それに、正直に言うと俺は掛け軸を疑ってもいたんだよ。筑波屋にもあったし、相州屋にも下げられていたという話だったから。いずれにしろ相州屋には行くつもりだったからな。何か幽霊退治の手掛かりになりそうなことが分かればと思ったんだ」

伊勢次も掛け軸へと目を向けた。この部屋に掛けられているのは、行商人といった風情の男がどこかの橋を渡っている絵だった。遠くの山に薄紅色の塊が幾つか見える。多分、桜だろう。

「実は呪いの掛け軸で、絵から人が抜け出してくる……なんてことを考えていたんだけどな。さすがに違ったらしい」

「そのようでございますねぇ……」

実は伊勢次も、そう考えたことはある。しかしよく思い返してみると、相州屋にあった掛け軸は鶴の絵だった。あんな髪を振り乱した女など描かれていなかった。そして筑波屋の方は、文七郎の話からすると鹿の絵のようだ。だからもし出てくるなら、悪戯小僧やその母親ではなく、鹿の幽霊になるのではないか。

「それに、もし相州屋と筑波屋がそうだったとしても、ここでも同じ形で幽霊が出てくるなんてことはありませんでしょう」

「二度あることは三度ある、と言うから、もしかしたらと思ったのだ。まあ、無理なこじつけだったな。掛け軸が飾られている家や店は山ほどある」

文七郎は掛け軸から目を離した。首を振りながら言葉を続ける。

「その絵に描かれているのは男だから、出てきたら躊躇うことなく斬れたのにな。俺の刀に貼ってある御札が効くかどうか試せなくて残念だ。これで、相州屋に出てくる女を相手にするしかなくなった。お前が言ったように斬るのは相手の未練だと考えるしかないか」

「左様でございます。幽霊相手に遠慮なさることはありません」

「伊勢次もな」

文七郎は立ち上がった。梯子段の方へ歩きながら言う。

「たまには、お前の家に出てくる悪霊に厳しく当たったらどうだ。迷惑だからもう出てくるな、と言うとか。俺のようにさ」

「えっ、いや、はあ……」

うちのは武井家の悪霊と違って、こちらを宥めにかかったり、泣き落としを仕掛けてきたり、冷たくすると拗ねたりするから、やりにくいのです。

伊勢次は、梯子段の下へ消えていく文七郎を見送りながらそう思った。もしかしたら我が家の幽霊の方が、始末が悪いかもしれない。

その左五平の幽霊は、伊勢次が家に戻ったら、相州屋の件の首尾を訊ねに姿を見せるだろう。幽霊退治に失敗し、その後のことは文七郎に引き継がれたと伝えなければならない。

——じいちゃんから文句を言われるだろうなぁ。

それと、昨夜この芳松に泊まったことで、奉公人たちに白い目で見られる。踏んだり蹴ったりだ。

——ああ、帰りたくないなぁ。

伊勢次は重い足取りで、文七郎の消えた梯子段へと向かった。

再び相州屋の幽霊

一

武井文七郎は相州屋の客間に座り、店の方で伊勢次と安兵衛が話している声に耳を傾けている。文七郎と安兵衛との間には面識がないので、伊勢次が間に入って文七郎という男の説明をしているところだ。

すでに御家人の倅だということは伝えている。しかし、それだけでは信用されなかった。御家人の子弟の中には、あちこちで悪さをして歩く不逞の輩がいるからだ。伊勢次の紹介ということで、そこまで酷いことをする者だとは安兵衛も思っていないようだが、それでも文七郎がひとりで相州屋に泊まることに難色を示していた。せめて伊勢次も一緒に泊まれと言っているようだ。

文七郎としては、邪魔ではあるが別に伊勢次がいても一向に構わない。しかし伊勢次の方は相当嫌なようで、必死に食い下がり、何とか文七郎を信用してもらおうとしていた。

「へえ、お化けを退治して回っているお侍様……」

結果、話が大きくなっている。いつの間にか文七郎は、自らの剣技を磨くため江戸に出る化け物や幽霊の類を退治して歩いている「先生」ということになってしまった。そんな男は知らん、と文七郎は思ったが、面白いから黙って聞いていることにした。

「もしお疑いなら、日本橋の鉄砲町にある菓子屋の筑波屋さんに訊ねてみてください。つい三日ほど前に、そこに出る幽霊を退治したばかりなのです」

伊勢次は大袈裟に喋ってはいるが、まったくの嘘をついているわけではなかった。しかも確かめられるようなところではきっちりと真実を語っている。なかなかうまい。

「筑波屋さんでの話は私も聞きましたが、それはもう思い出すのも恐ろしいほどの化け物が出たそうなのです。しかし武井先生は少しも怯まずに立ち向かったらしい。激しい戦いが繰り広げられましたが、最後には相手は武井様に頭を下げて消えていったということです」

恐ろしい化け物というのはどうかと思うが、これは話を聞いた伊勢次がそう感じた、というのなら仕方があるまい。男の子の幽霊との間に激しい鬼ごっこが繰り広げられたのは本当である。そして最後は母親の幽霊が子供を謝らせて消えていった。これも嘘ではない。

「それから、つい昨晩のことですが、幽霊が歩き回るという北本所の小料理屋に武井先生は泊まりました。しかし、幽霊が出ると思われる部屋でひと晩過ごしたにもかかわらず、何も現れなかったのです。これは幽霊が先生の気迫に押され、姿を見せることもなく逃げていったものと思われます」

「ほう……」

安兵衛が感心したような声を漏らした。文七郎は思わず笑いそうになってしまったが、その後で「あのお侍様がねぇ……」という声が続いたので、背筋を伸ばして頬を引き締めた。

二人の話は聞こえていない、という振りをしているため文七郎はそっぽを向いているが、それでも安兵衛がこちらを窺っている気配を感じた。

文七郎は、外して背後に置いてあった刀を手に取り、安兵衛に見えるようにしながら半分ほど抜いた。「おおっ」という声が耳に届く。

「おい、あれ……御札が貼ってあるよ」

安兵衛が小声で伊勢次に言っている。

「あれを使って、物の怪を滅するらしいのです。しかし残念ながら、私はまだその様子を見たことがありません」

俺も見たことがねぇや、と思いながら文七郎は刀を鞘に戻した。うちのじじぃ相手に使ったことはあるが、滅するどころか煙管で頭を叩かれた。

「生半の腕の者があの刀を使ったところで、幽霊を退治することはできません。剣の道を極めた武井先生だからこそ、なのでございます。しかし、それゆえに先生は、自分があの刀を振るうところを他の者には見せません。奥義とか、秘剣とか、そういうものを使っているからだと私は考えております。ですから、武井先生はおひとりでお泊まりになるのです。もちろん相州屋さんが心配されるのも分かります。しかし、もし何かあったら私がその責を負いますので、何卒よろしくお願いいたします」

「うむ、分かった。そこまで言うのなら信用するよ」

「えっ、本当でございますか」

「もちろんだ。あの先生のことも、そしてお前さんのこともな。いや、実はさ、泊まった後もまた幽霊が出たことで、昨日、散々文句を言っちまったじゃねぇか。そのことをちょっと後悔していたんだよ。お前さんなりに一生懸命やってくれたのだからな。それで、折を見て謝りに行こうかと考えていたんだ。気分を損ねているに違いないと思っていたからさ。ところがだ、お前さんは昨日の今日で、もうこんな凄い先生を見つけてきてくれた。もし俺だったら『相州屋の野郎、ふざけんな』って腹を立てるのに、何と言うか、人としての器が違うよ。さすがは伊勢屋の若旦那だ。きっと左五平さんも、草葉の陰で喜んでいるに違いない」

安兵衛は感動しているようだ。まったく人の良い酒屋だ、と文七郎は少し心配になった。よくこれで商売をやっていけるものである。しかも道楽で骨董集めができるくらいには儲かっているらしい。商人の世界はまったく分からんな……と首を傾げていると、安兵衛がこちらへ向かってくるのが目の端に見えた。

文七郎は再び背筋を伸ばし、頬を引き締めて「先生」らしくした。

「武井先生、お話は伺いました。いや、まさか先生のような凄い方が来てくださるなんて思いもしませんでした。どうか、化け物退治をよろしくお願いいたします」

「う、うむ。大船に乗ったつもりでいるがよいわ。ぬははははは」

この手の先生というやつがどう喋るのか分からないので、とりあえず威厳のあるようにしてみたら少し胡散臭くなってしまった。笑うのはやめた方が良さそうだ。

「はは、ありがとうございます」

安兵衛の方は特に不審に思わなかったらしい。客間に入るとすぐに畏まって座り、両手をついて頭を下げた。

「こちらで夕餉の支度をさせていただきますが、先生はどのようなものをお召し上がりになるのでしょうか。おっしゃってくだされば、近くの仕出し屋に持ってこさせます」

「うむ……酒と豆腐だけで結構」

酒は当然飲むが、味が変わっているので食い物は口に入れたくなかった。しかしまったく食べないというのも体に悪いし、いざという時に力が入らない。あまり噛まずに飲み込めるようなのがあれば一番だ。そうなるとこの組み合わせになる。

「……体を清めねばならぬのでな」

ただの酒飲みと思われたくないので、一応、言い訳らしきものも付け加えた。

「なるほど、さすが化け物退治の先生だ。それでは豆腐を買って参ります。すぐ近くに美味い豆腐を作る店があるんですよ。それから、酒ならうちに幾らでもありますので、どうぞ好きなだけ清めてください」

「うむ」

あまり喋りすぎて襤褸《ぼろ》を出したらまずいので、文七郎は頷いてすぐに顔を背けた。安兵衛はまた頭を下げてから店の方へ戻っていった。

「いやぁ、あれは本物だな。とにかく凄ぇや」

伊勢次に言っているのが聞こえてくる。初めの頃とは声の調子が違う。文七郎に敬意を抱いているようだ。

「とにかく俺は豆腐を買ってくる。すぐ戻るから待っててくれ」

店の方を窺うと、安兵衛が飛び出していくのが目に入った。伊勢次が店先まで出て見送っている。その横顔にうっすらと笑みが浮かんでいるのが見えた。どうやら自分が泊まらずに済んでほっとしているらしい。

やがて伊勢次はこちらを向き、満面に笑みを浮かべながら文七郎のいる客間へと入ってきた。

「いや、うまくいきました。武井様が調子を合わせてくれたお蔭でございます」

「まぁ俺としては伊勢次が一緒にいても構わなかったが、近くをうろうろされると刀を振りづらいからな。ひとりの方がやりやすい」

あえて困る点を挙げるなら、安兵衛を相手にした時の喋り方がよく分からないということだが、口数を少なくしておけば何とか誤魔化せるだろう。

「それでは相州屋さんが戻ってきたら、私はお暇させていただきます」

「そうだな。伊勢次がいたところで、もう特にすることもないだろうし……」

文七郎は客間の中を見回した。居間と兼ねているので、簞笥や火鉢なども置かれている。床の間には壺や布袋様の置物などがあり、鶴の描かれた掛け軸も下げられている。違い棚には文箱が置かれ、地袋の上に載せられた箱には根付や印籠などが並べられている。伊勢次に聞いていた通りの様子だ。

「念のために訊くが、三日前に伊勢次が泊まった時と、置かれている物に変わりはないか」

「そうですねぇ……」

伊勢次は軽く部屋の中を確かめた後で、地袋を開けて中を覗いた。

「櫛と笄は手放しているので、もうありません。結局、無駄になってしまいましたけど。その他の物は、私が泊まった時のままのようです」

「そうか……」

伊勢次が女の幽霊を見たのは、この客間だ。それに相州屋の者たちが足音を聞くようになったのは、ここに置かれている物を手に入れた頃からである。だから女の幽霊は、これらの道具類のうちのどれかに憑いていると見ていいだろう。その前からある、蔵や二階に置かれている骨董の方は考えなくてよさそうだ。

もしそいつを文七郎が斬ったとしても、それで足音が消えるかどうかはまだ分からない。その時はいなくなるかもしれないが、しばらくしたらまた出てきた、なんてことも十分にあり得る。原因となっている物を取り除いた方がいい。いっそのこと、筑波屋のようにすべてひっくるめて封じるなり、あるいは売り払うなりできればいいのだが、骨董自慢をしたい安兵衛はそれを嫌がっている。

――どれに憑いているかを見極められればいいのだが……。

それには、幽霊が出てくるところを見なければならない。しかし、もし伊勢次が出遭った時のように、部屋を離れた隙に現れたら困る。

何かうまいやり方はないものかな、と文七郎は頭を捻った。

二

日が沈み、夜がやってきた。

相州屋は店仕舞いが終わり、奉公人はそれぞれの住処に帰っていった。伊勢次はとうにいないし、最後まで残っていた店主の安兵衛もかみさんの実家へと戻っていったので、相州屋には文七郎が残っているだけとなった。

肴にしていた不味い豆腐も尽きてしまった。後は酒だけをちびちびとやりながら幽霊が現れるのを待つだけである。

――だが、その前に……。

文七郎は立ち上がり、部屋の隅に置かれている行灯へ近づいた。火が消えてしまわないように気を付けながら持ち上げ、そろそろと歩いて裏口のある台所の土間へと運ぶ。家じゅうの襖を開け放ってあるので、少なくとも一階はどこもぼんやりとだが見通せた。

行灯を台所の土間に置いたまま、二階へ上がってみた。台所のすぐ脇の板の間に梯子段はあるので、二階にも光は届いている。ふた間ある部屋のうちの奥の方はさすがに暗かったが、少し目を慣れさせると、物に蹴躓かないくらいには見ることができた。文七郎は夜目が利く男だから、この程度の明るさがあれば十分だ。

――行灯を置いておく場所はこれでいいとして……。

文七郎は一階に下り、客間まで戻った。そして改めて床の間に置かれている道具の数々を眺め回した。

これらを一カ所にまとめておくのではなく、あちこちに散らした方がいい、と文七郎は考えていた。幽霊が初めに現れた場所で、憑いている物が分かるからだ。

——掛け軸は……多分違うだろう。

昨晩、料理屋の芳松に泊まった時はいちばん怪しいと思っていた。あの店では足音が現れる時と、まったく出ない時の二つの時期があったが、掛け軸が三カ月ごとに取り替えられると聞いたので、それが原因だと睨んだのだ。

しかし芳松では何も出ることなく夜が明けてしまった。もちろんこの相州屋と、母子の幽霊が現れた筑波屋、そして芳松の三カ所で、同じ種類の道具に幽霊が憑いている必要はないのだが、それでも文七郎は、掛け軸は考えなくていい、という気がした。芳松で拍子抜けしてしまったためだ。

——これは二階に置けばいいだろう。

文七郎は地袋を開け、細長い箱を出した。床の間に掛けてある掛け軸を外し、丁寧に箱へ入れる。

地袋の中には脇差もあった。これも女の幽霊とは関わりがないだろうと取り出す。地袋の上に置いてある箱の中に並べられている、根付や印籠、刀の鍔などもやはり女の幽霊とは縁がなさそうだ。文七郎は箱に脇差を載せ、それと掛け軸の箱を持って梯子段を上がった。

二階にふたつある部屋のうち、奥の方にそれらを置いて一階に戻った。

次は置物だ。布袋様と虎、そして狸がある。これにも女の幽霊など憑きそうにない。梯子段がある板の間の隅に並べた。

続いて観音像。布袋様や虎、狸と比べれば、まだ女の幽霊と結びつきそうな気がする。これは客間の隣の三畳ほどの小部屋に置いた。文七郎はこの後も客間で酒を飲むつもりなので、怪しいものほど近くなるのだ。

客間に戻り、床の間に残っている壺に目をやった。これも掛け軸と同様、芳松にもあったので、何かが憑いているとはあまり思えなかった。だから離れた部屋へ持っていってもいいのだが、割れ物なのであまり動かしたくはなかった。

文七郎は少し迷ってから、茶色い大きな壺はそのまま床の間に残し、小さめの沈香壺だけを帳場の隅へと運んだ。

最後は違い棚の上にある文箱だ。文七郎は、これこそが最も怪しいと踏んでいた。筑波屋の蔵の、鹿にまつわる物が入っている箱の中にも文箱はあった覚えがある。それに女の幽霊が生前に持っていたとしても不思議はない物だ。

——これは店の土間だな。

いくつもの酒樽や徳利、枡などがあるが、それらは壁際にある棚に並べられているので、客の相手をする場所は広くなっている。それに何より、土間は一段下がっているだけに天井が高い。刀を振るうならここが一番である。

文七郎は棚にあった徳利をひとつ取り、空いた場所に文箱を置いた。そして酒樽から徳利に酒を汲み、そのまま客間へと持っていった。

——これで支度は済んだ。

初めに気配を感じた場所に置かれている物が、女が取り憑いている道具である。

よし、後は飲むだけ……ではなかった、幽霊が出るのを待つだけだ。

三

ずっと酒を飲み続けていたせいで、文七郎は小便がしたくなった。

裏長屋の厠へ行き、急いで用を足した。もう夜の九つを過ぎているので、さすがに辺りは静かだ。物音ひとつ聞こえてこない。

小便を終えると相州屋の裏口まで足早に戻った。筑波屋では同じように小便に行き、戻った時に男の子の幽霊に遭った。だから少し慎重に構えて、戸に隠れるようにしながらそっと中を覗き込んでみたが、動いているものは何も見えなかった。足音も聞こえない。文七郎は少しがっかりしながら戸口をくぐった。

早く出てくれないと寝ちまうぞ、と思いながら客間に入り、徳利を手に取る。軽かった。振ってみると、もうほとんど残っていない。店の方へ行って汲んでくることにする。

帳場を抜け、店の土間に下りた。酒樽の置かれている棚に近寄る。

――おや。

文七郎はそこで立ち止まった。何か物音が聞こえた気がしたからだ。がさがさという、何かがこすれるような音だった。

後ろを振り返る。目に入る所に人はいなかった。しかし気を緩めることはできない。客間の床の間の辺りは襖の陰に隠れている。伊勢次の時はそこで女がうろついていたのだ。

文七郎は徳利を土間の隅に置き、刀の柄に手をかけてゆっくりと帳場に上がった。息を殺し、摺り足で音を立てないように進みながら客間へと近づく。

襖の陰からそっと覗き込んだ。中の様子は先ほどまでと同じだ。女など歩いてはいない。

「ふむ」

微かな音だったから、もしかしたら表で風に木が揺れたのが聞こえたのかもしれない。あるいは天井裏で鼠が柱でも齧ったか。

いずれにしろ気にすることはなさそうだ、と考えて帳場へ戻った。再び土間に下り、置いてあった徳利を拾い上げようと手を伸ばす。

その時、また物音が聞こえた。今度は床が軋む音だ。文七郎は動きを止め、耳をそばだてながら目を左右に動かした。

少しして、また床が軋んだ。文七郎の目が上へと向けられる。天井裏で鼠が遊んでいるような、そんな軽い音ではなかった。もっと大きなものが二階を歩いている。

——掛け軸か、それとも根付や印籠なのか？

音の動きを目で追いながら、文七郎は客間から二階に移した物を頭に思い浮かべた。他には脇差と刀の鍔もあった。それらの中で最も女の幽霊と関わりがありそうなのは、一度考えから外してしまった掛け軸だろう。

みしっ、みしっ、という二階の音がゆっくりと梯子段の方へと進んでいく。文七郎は音に合わせて目を動かしながら、この家はだいぶ傷んでいるようだから大工を入れて直してもらうよう店主に言っておいた方がいいな、と呑気なことを思った。

二階を歩く音が梯子段に達した。一階へと下りてくる音に変わる。文七郎は土間から帳場へと上がり、裏口の方へと目を注いだ。梯子段はその手前の板の間にある。人が下りてくると、右側から現れる形になるはずだ。静かにその時を待った。

――ほう。

足音の主がついに姿を見せた時、文七郎は少し感心した。伊勢次が言っていた通りの女だったからだ。振り乱した髪が顔を覆っている。その隙間から覗く目は、まるで黒い穴のようだ。女には下顎もない。怖がりだからよく見ずに逃げたはずだと話半分で聞いていたが、伊勢次も馬鹿にしたものではないらしい。

梯子段を下りた女は、文七郎がいる方へ向きを変えた。目の部分は穴が空いているだけだが、文七郎のことを見ていると感じられた。こちらへと歩いてこようとする気配が窺える。

――怨むなよ。俺はお前の未練を断るだけだからな。

そう思いながら文七郎は左手で刀の鯉口を切った。静かに女の動きを見守る。

思った通り、女はまっすぐに文七郎の方へと向かってきて、客間へと足を踏み入れた。

文七郎は女が手甲をし、脚絆を巻いていることに気づいた。それに、わらじ履きだ。どうやら旅の出で立ちのようである。この辺りのことは、伊勢次は何も言っていなかった。

女の不気味な顔に気を取られて、格好までは目に留まらなかったらしい。伊勢次もまだ甘いな、とにやにやしながら文七郎は右手で刀の柄を握り、腰を低くしていつでも抜けるように身構えた。

ところが客間の中ほどで女は向きを変え、床の間の方へ歩き出した。襖の陰に入り、文七郎の目から消えた。

文七郎は女を追うために足を踏み出そうとした。しかしすぐに思い留まって動きを止めた。女のものとは違う足音を捉えたからだった。別の誰かが梯子段を下りてくる。

——おいおい、二人いたのか。

伊勢次のやつは初めの女を見ただけで逃げたから、こちらには気づかなかったらしい。やはり怖がりは駄目だ。

はたして二人目はどんなやつだろうかと考えながら、文七郎はそいつが出てくるのを待った。やがて、その者が姿を現す。

——ふむ。

思わず文七郎の顔に笑みが浮かんだ。わけは二つある。ひとつは、そいつが男だったからだ。遠慮なく斬ることができる。

もうひとつは、その男も旅装だったからだった。着物の尻をはしょり、股引をはいて脚絆を巻いている。笠を被っているが、やはり女と同じように目の辺りがぽっかりと暗い穴になっているのが分かる。肉も削げ落ちて、ほとんど髑髏だ。

その男の腰には道中差があった。たとえ町人であっても旅に出る時は刀を差すことが許されている。

——掛け軸ではなくて、こっちだったな。

地袋から出した脇差を二階へ持っていった。あれはこの男が旅の際に持っていた道中差だったのだ。

梯子段を下りた男の幽霊は、女と同じように文七郎の方へと歩いてくる。やはり客間に入ったら床の間の方へ曲がるのだろうか、と思いながら見守っていると、男はそのまままっすぐにこちらへ向かってきた。途中で道中差を抜く。

――来るか。

思った途端、男は床を蹴った。脇を締め、両手で握った道中差を突き出しながらこちらへと走ってくる。幽霊の癖に、速い。

――うむ、いい攻めだ。

文七郎は心の中で男を褒めた。町人だから、きっと男は剣術の修業などしたことはないはずだ。そういう者は下手に刀を振るうより、体ごとぶつけるように突いていった方がいい。捨て身の攻めほど相手を恐れさせるものはない。

――もっとも、俺には効かんが。

文七郎は男をぎりぎりまで引き寄せると、すっと体をかわした。すれ違いざまに刀を抜き、男の胴を撫で払うように斬る。

生きている者と比べるとはるかに弱いが、それでも手応えはあった。だが、それで幽霊が倒れるとは思えなかった。文七郎はすぐさま振り返り、男の次の攻撃に備えた。

「ああ?」

思わず声を漏らしてしまった。そこには誰もいなかったのだ。文七郎がいる帳場にも、その横の店の土間にも男の姿はない。

客間の方へ向き直ると、男どころか、女の気配までも消えていた。

文七郎は手に刀を提げたままで客間に近づき、念のために襖の陰から中を覗いてみた。思った通り女の姿はそこになかった。

――案外とあっさりしたものだったな。

ほっとしながら自分の刀へと目をやった。悪霊除けの御札は確かに効き目があったようだ。ただ、うちのじじぃを滅するには力が弱いのだろう。早々に増やさねばならない。刀身が見えないほど御札だらけにしてやるかな、と考えながら、文七郎は刀を鞘に戻した。幽霊を退治したら、もうすることはない。朝まで寝るだけである。だがその前に、もう一杯だけ酒を飲ましてもらおう。

文七郎は土間に下りた。置いてあった徳利を拾い上げ、酒樽へと近づく。

その時、何かがこすれるような音がして、その後に床の軋む音が続いた。

――嘘だろ？

唖然としながら文七郎は耳をそばだてた。足音が二階を歩き、梯子段の方へと向かっていく。文七郎は急いで帳場へと上がった。家の奥へと目を向ける。しばらくすると、梯子段を下りてきた女が姿を見せた。

女は客間に入ると襖の陰に消え、続けて男が梯子段の下に現れた。先ほどとまったく同じだ。男は道中差を抜きながら客間を抜け、まっすぐこちらへと向かってくる。

文七郎は抜き打ちで男を斬った。すぐさま振り返ると、男の姿はもう消えていた。ほっと息を吐き出す。しかしまだ油断できないぞ、と動かずにじっと耳を澄ます。

やがて二階から、床の軋む音が聞こえてきた。

——もしかして夜明けまで続くのか？

とても付き合ってられん、と吐き捨てて、文七郎は土間へと下りた。夜が明けるまで店から離れていた方がいい。

伊勢次と同じことをするのは悔しいが、と顔をしかめながら、文七郎は表戸の閂を外した。

四

「ははあ、道中差として使っていた脇差、でございますか」

安兵衛が感心したように言った。もう辺りはすっかり明るくなっている。

いったん相州屋から逃げた文七郎は、夜明けとともに戻って幽霊たちがいなくなったのを確かめ、客間から他の部屋に移しておいた道具を元通りにした。ちょうどそれが終わった辺りで安兵衛が様子を見に顔を出したので、現れた幽霊の話をしたところだ。

「うむ。左様である」

安兵衛の前では化け物退治の先生だから文七郎は口調を改めている。もちろん背筋をぴんと伸ばして座り、頬もきりりと引き締めていた。

「拙者は初めからそれが怪しいと睨んでおった」

脇差は地袋に仕舞わずに、畳の上に出してある。文七郎はそれに目を注ぎながら、すべては分かりきっていたことだと言わんばかりに大きく頷いた。

「さすがは先生だ。それで、男の方の幽霊を斬ったら女もいなくなった、ということでございますね」

「左様」

斬っても斬っても現れたので、痺れを切らして三度目で逃げ出したことは内緒だ。一度斬ったらもう出なくなったので、後は部屋でのんびり過ごしていた、ということになっている。

「何者なんでしょうか、その幽霊どもは」

「夫婦者だ。旅の途中で、追剝か何かに襲われたようだな」

亭主の方は道中差を抜いて必死に抗ったが、結局は夫婦そろって殺されてしまった、といったところだろう。多分だが。

「はあ、そんなことまで分かるのですか。先生は凄いですねぇ……それで、悪霊斬りの刀で斬り捨てたわけですから、もうこのままでも幽霊は出てこないと考えてよろしいのでございますね。私や女房、子供は安心してここへ戻ってこられると」

「む?」

いや、それは困る。幽霊たちはまだ出てくるのだ。誤魔化さなければ。

「……確かに拙者の刀で夫婦者の幽霊は滅された。しかしこの脇差にはまだ、連中の無念の思いが籠もっておる。拙者のように鍛錬を積んだ者ならともかく、生半の者が近づくと、具合が悪くなったり不運に陥ったりする。これは手放すのが良い」

「はあ、そういうものですか。それではこの脇差は、やはり先生に持っていってもらうのがよろしいでしょうかね」

「むむ？」

それも困る。あんなのに毎晩出てこられたら面倒だ。どこかの川にでも放り投げてしまうという手もあるが、それであの夫婦者に怨まれてしまい、脇差もないのに現れるようになった、なんてことになったら大変である。なるべく自分が関わらずに、相州屋に手放させるやり方を考えなければいけない。

「いや……」

文七郎は脇差の方へ手をかざしながら目を閉じた。もちろんそれに意味はない。

「……うむ。つい最近、ここを訪れた古道具屋がいるであろう。その者に売るのが良いと出ておる」

当然であるが、何も出てはいない。古道具屋の件は伊勢次から聞いて知っているだけだ。

「はあ……先生のおっしゃる通りだ。近頃やたらと顔を出す古道具屋がいるのです。亀田屋《かめだや》という古道具屋でございますけどね。伊勢屋の若旦那に言われた櫛と笄は、そいつらに売ったのですよ。実は昨日も、先生たちがいらっしゃる少し前に来たのです。櫛と笄だけでなく、この部屋にある物をすべて売ってくれと言うんですよ。まあ、そのまま追い返しましたが」

「ほう」

結構な話だ。向こうから売ってくれと来ているのだから、夜な夜な幽霊が現れたとしても文句は言えないだろう。

「拙者が訪れたのと同じ日に、その古道具屋がここへ来た。これは縁というものだ。二つの出来事はつながっている。この脇差は亀田屋に売りなさい」

「それは構いませんが、納得しますかねぇ。亀田屋は、ここにある物をすべて欲しがっているのでございますよ。いつも総髪の三十過ぎくらいの男も一緒に来るのですが、そいつと二人でごそごそ話しておりましてね。古道具の目利きをする人か何かだと思うのですが、しつこいんですよ」

「他の物は後で相談すると告げて、とりあえずこの脇差だけを売るように」

そうすれば二度と来ることはなくなるはずだ。

「……ああ、ちょっと待て。印籠も付けよう。脇差と印籠だけを売るのだ」

念のために文七郎は付け加えた。薬入れである印籠も、あの幽霊たちが旅に持っていった道具かもしれないからだ。

「はあ、先生がそうおっしゃるなら、今日にでも行ってまいります。櫛と笄は向こうがうちに来た際に売ったので、私は亀田屋へ行ったことはないのですが……確か、本郷にあると言ってたかな。その辺りで人に訊けば見つかるでしょう」

「うむ」

重々しく頷き、文七郎は立ち上がった。話が終われば長居は無用。こんな調子で会話を続けるのは肩が凝るし、そのうち舌も嚙みそうだ。

文七郎は素早く帳場へ出た。

「それでは拙者はこれで」

「ああ、武井先生。しばしお待ちを」

店の土間に下り、さあ表へ出ようというところで呼び止められた。ちっ、と心の中で舌打ちしてから、落ち着いた様子でゆっくり振り返る。

「まだ何かあるか」

「せっかくですからお礼をと思いまして。些少ではございますが……」

ありがたい話だ。貧乏な身としては喉から手が出るほど欲しい。しかし、ここでほいほいと受け取っては「先生」らしくない。

「拙者は剣術修業のひとつとして化け物退治を請け負っておる。そのような心遣いは無用」

「いや、そうおっしゃらずに……」

「どうしてもと言うなら、伊勢屋の伊勢次に渡すがよかろう。役に立たなかったとはいえ、あの男なりに懸命にこの店のために尽くそうとしたのだ。その心意気は汲んでやるべきである」

薬代の借金の足しにしよう。それに外で会う時には伊勢次に飲み食いの勘定を払わせているのだ。あの男に渡る分には、自分に損はない。

「おお、さすがは先生だ。欲というものがない。それでは、お礼の方は伊勢屋の若旦那に渡しておきます」

「うむ。それから、この家は少々傷んでいるようだから、余裕がある時に大工を入れて直すべきだと思うぞ」

「ああ、そんなことまで心配してくださるなんて、もう感服するしかありません」

「それでは、拙者はもう行くぞ。見送りは結構だ」

文七郎は相州屋を出た。見送るなと言ったのに、安兵衛も店から出てきた気配が背後でした。小走りで離れたいが、それもまた「先生」らしくないので、堂々とした足取りで一歩一歩踏みしめるように歩く。

やがて脇に路地が見えたので、文七郎はすっとそこへ入った。しばらく待ち、路地の端から顔をわずかに出して相州屋の方を窺う。

ちょうど安兵衛が店の中へ戻るところだった。その姿が消えるのを見届けてから文七郎は、ふうっ、と大きく息を吐き出した。

――ああ、やけに疲れたぜ。

それでも幽霊の方は何とかできたし、ただで酒も飲めた。良しとしよう。

さてこれからどうするべきか、と文七郎は凝った肩を回しながら考えた。まずは牛込の実家へ行き、じじぃの幽霊に筑波屋と相州屋の件が片付いたことを知らせなければならない。約束通り俺が二本取ったのだから、飯の味を戻してくれるはずだ。

――やはり相州屋からお札を受け取るべきだったな。

実家へ行く前に悪霊除けの御札を売ってくれた祈禱師の元を訪れ、さらに買い足す、という手もあった。一応は効くことが確かめられたのだ。刀身が見えなくなるくらいぺたぺたと貼れば、あのじじぃをやっつけることができるかもしれない。

――ま、それは次の時の楽しみに取っておくか。

銭がないのだ。今日のところは諦めるしかない。

じじぃの幽霊と話した後は道場に帰り、飯を食って寝る。二日間、碌に食べていないし、寝てもいない。さすがに体が厳しい。

――だがその前に伊勢次に会って相州屋の件の首尾を話し、自慢をしようかな。

しかしあいつは今朝、じいさんの幽霊に叩き起こされたかもしれない。相州屋の幽霊退治をしくじり、その上この俺に助けられたことで、じいさんから文句を言われたのではないか。そしてまた何か面倒な頼まれ事をして、店の奉公人の冷たい目を背中に受けながら伊勢屋を後にしたのではないか。これは十分にあり得る考えだ。

——伊勢次に会うのは後日にするか。

よし、うちの悪霊の顔を拝みに行くとしよう。

文七郎は刀の柄をぐっと握り、牛込へ向かって歩き出した。

離れに棲むもの

一

部屋じゅうを包む不穏な気配に圧され、伊勢次は目を覚ました。

夜具の上で体を起こす。障子戸の外はまだ薄暗いが、白々と夜が明けつつあるのが分かった。早朝だ。

そっと辺りを見回してみた。ここは伊勢屋の、いつも自分が寝ている部屋だ。店の方から見ると、帳場の先に客間があり、次に仏間、そしてこの部屋という風に並んでいる。男の奉公人たちは二階で寝ているし、両親と女中は後から建て増した別棟にいるので、伊勢屋の一階にいるのは、今は伊勢次だけである。

——それなのに、この気配は……。

決まっている。亡き祖父、左五平だ。

じいちゃん、今日はまともな姿で出てきてくれよ、と願いながら、伊勢次は隣の仏間との間を仕切っている襖へと目をやった。

ぴたりと閉じられていた。何やら怪しげな気配だけはこちらへ流れ込んでいるが、それだけで何の動きもない。左五平の立てる音や声も耳に入ってはこなかった。

「じいちゃん？」

しばらく襖を見つめた後で、そっと声をかけてみた。返事はない。

それならまた寝るまでだ、と掻巻に包まるようにして伊勢次は横になった。仏間に背を向けて目をつぶる。

しかしそれも長く続かず、伊勢次はすぐに目を開けた。誰かに見られているという思いが強く襲う。背中の方からだ。

首を巡らせて襖を見る。先ほどと変わりはない。襖は閉まっており、その向こうの仏間は静まり返ったままだ。

「じいちゃん、いるんだろう？」

体を起こして再び呼んでみた。やはり返事はない。

伊勢次は夜具を抜け出して立ち上がった。なぜだか分からないが、仏間を覗いて中を確かめなければいけないような気持ちになっていた。

ゆっくりと襖へ近づいた。しかしすぐには開けない。これまで幾度となく祖父から痛い目に遭わされているので慎重になっているのだ。

文七郎のように足で開けようか、という考えが頭をよぎったが、それはやめた方がいいと思い直した。さすがに行儀が悪い。それに慣れていないので下手をすると転びそうだ。

そもそも文七郎のやり方は、敵が中にいたとしても咄嗟に対応できるように、と考えた動きである。自分は刀など持っていないから、何かあったら逃げるしかない。

それなら襖の陰に体を隠し、横から腕を伸ばして一気に押し開けるのがいいだろう。

伊勢次はそう考え、襖へ背中をつけるような形で立った。首を横に曲げて引手を見る。そして隣の部屋の気配を探りながら、襖を開けようと腕を伸ばした。

その瞬間、ぱんっ、と小気味の良い音が部屋じゅうに響いた。

背後の襖が勢いよく伊勢次の側へ倒れてきたのだ。音に驚いて叫ぼうとしたのと同時に押し潰されたので、伊勢次の口から「うゎぎゅっ」という日頃あまり耳にすることのない声が漏れた。

背中に載っている襖が尋常ではないほど重い。伊勢次は抜け出すことができずに、ただ手足をじたばたと動かした。

「ふふふ、まるで亀みたいじゃのう」

上から声がした。左五平のものだ。

「逃げようとしている亀をほんの少し持ち上げると、そうやって手足を動かすんじゃよ」

「じいちゃん……どいてよ。襖が傷むよ」

「儂ならもうそこにいないよ」

声があらぬ方から聞こえた。襖の下から覗き見ると、左五平は仏間の隅で横を向いて座り、煙管を咥えて呑気そうに煙草を吸っていた。

「もっとこう、静かに出てきてくれればいいのに」

伊勢次は愚痴を言いながら、襖の下から這い出した。調べてみると襖は綺麗なままだ。どこも破れてはいない。じいちゃんが乗っていたはずなのに、と不思議に思いながら持ち上げ、襖を嵌め直した。

「いつもよりは大人しい出方だと思うのじゃが」

左五平は口から、ふうっ、と煙を吐き出した。言われてみれば確かに今日は、生前の左五平のままの姿である。

「儂はまだ、相州屋さんの件がどうなったか聞いていない。お前が女の幽霊に遭い、相州屋さんに櫛などを手放すように進言した、というところまでは聞いた。しかしそれが正しかったのかどうかは教えてもらっていない。相州屋さんに訊きに行ったみたいだが、どうだったね、足音は消えたようかね」

「あ、ああ……」

その答え次第で血を吐いたり、骨と皮ばかりの姿に変わったりするつもりか。

参ったな、と顔をしかめつつ、伊勢次は正直に告げた。

「あのさ、じいちゃん……ごめん、うまくいかなかった」

言うと同時に伊勢次は身構えた。左五平の横顔をじっと見つめる。

「ふむ、そうか」

左五平は落ち着いた様子でまた、ふうっ、と煙を吐き出した。容貌に変化はない。

「あれ、じいちゃん、怒らないのかい」

「初めからお前には難しいと思っていたからね。それでもお前なりに精一杯やった。儂はそれただけで満足じゃよ。これまでのお前なら、相州屋さんに泊まることすらできずに逃げ出していただろうからね」

「じ、じいちゃん……」

「しかし相州屋さんも大変じゃな。これからも足音に悩まされ続けるわけか」

「ああ、その心配はなさそうだよ。おいらの代わりに武井様が行ってくれているから。もうひとつ頼まれていた筑波屋さんの幽霊の方も、武井様が封じ込めちゃったし」

「ああ？」

左五平は横を向いたまま、片目でじろりと伊勢次を睨んだ。それから、ゆっくりと顔を伊勢次の方へと動かした。

隠れていた方の目が見えた。いや、そこに目はなく、あるのはただの穴だった。暗くぽっかりと空いた、木のうろのような穴である。

先ほど伊勢次を睨んだ、もう片方の目にも変化が現れた。目玉が溶けて奥に落ち込み、やはり暗い穴だけになる。

左五平の頬に黒い染みのようなものが浮かび、徐々に削げていく。そういう気味の悪い変化を見せながら、膝を使って伊勢次の方へとにじり寄ってきた。

「じ、じいちゃん、やめてよ」

伊勢次は両の手の平を前に出しながら後ずさりした。しかし左五平は止まらない。容貌の変化も続いている。ついに粘り気のある糸を引きながら、その下顎が床へと落ちた。

「ふぇぇぇぇ」

部屋の端まで下がった伊勢次は、壁に背をつけながら叫んだ。

「お前の言っているのは牛込の武井様か。あの十右衛門殿の孫か？」

顎がないのに左五平はしっかりと喋っている。喉から出ているというより、その声が直に伊勢次の耳の奥に届いている感じだ。

「そ、そうだよ。武井文七郎様だ。それよりじいちゃん、お願いだからその気味悪い顔をどうにか……」

「よりによってあの男の孫に助けられるとは」

左五平は伊勢次の言葉に耳を貸さなかった。ずるっと顔の皮が剝け落ち、中の肉が見えた。

「十右衛門殿とは何度も顔を合わせたが、とにかく気難しい人で苦労させられた。相手はお武家様だし、こちらも商売で行っているのだからと我慢していたが、何と言うか……とにかく偏屈なじじぃじゃった」

「うん、そうだね、その通りだよ。だからじいちゃん、その顔をやめてくれよ。おいら何でも言うことを聞くからさ」

「ふん、そんなに怖がることもなかろう。お前が相州屋で見たという、女の幽霊の真似をしてみただけじゃ。髪を振り乱すのはさすがに無理だがの。どうだ、似ているだろう」

「まったく違うよ。じいちゃんのは何て言うか……水っぽいんだよ」

伊勢次は袖で顔を覆い、下を向いた。

「あの女はもっと干涸びていた。じいちゃんのはまだ腐りかけだ。血を吐いたりするのもそうだけど、とにかく水気があるのは勘弁してよ」

「ううむ、そう言われるとますます酷くしたくなるが……まあいいだろう」

左五平の声の出所が元の場所に戻った。伊勢次が恐る恐る顔を上げると、左五平はまた仏間の隅に座り、横を向いて煙草を吹かしていた。

「まあ十右衛門殿も、そこら辺を歩いている今時のお侍連中に比べれば、はるかにましなお方だとは言える。武骨な、いかにも『武士』という感じの人ではあったからな。その十右衛門殿の孫なら幽霊など怖がりはしないだろう」

「そ、そうだよ。相州屋さんの件も、きっと今頃は片付けちゃってると思うよ」

「ふむ」

左五平がこちらへ顔を向けた。苦々しい表情こそ浮かべているが、生前の顔に戻っていた。

「相州屋さんのためになることが一番大事なのだ。だから文句は言えない。しかし本来はお前が相州屋さんの助けになるはずだったのに、その代わりに……。ううむ、相州屋と筑波屋、どちらも十右衛門殿の孫が片付けたのか。つまり、二本取られたということだな」

「じいちゃん……武井様も言っていたけど、その、二本取ったとか取られたとかいうのは何なんだい？」

「ああ……十右衛門殿は囲碁がお好きだったんだが、偏屈じゃから周りの組屋敷に住んでいるお仲間は誰も相手にしないらしくてな。それで、何かの用があって儂が武井家を訪れると、必ず相手をさせられたんじゃ。弱いくせに勝負事に厳格なお人じゃったから、こちらがわざと負けたりすると烈火のごとくお怒りなさった。そうかと言って本気を出すと儂があっさり勝ってしまう。そうすると機嫌が悪くなる。まったく面倒臭いお人じゃったよ」

「へえ……」

「勝っても負けても文句を言う。そうこうしているうちに、儂らは一度の対局では勝敗を決めずに、番勝負をするようになったんじゃ。三番勝負とか七番勝負とか、何回か戦って勝負を決めるやり方だな。恐らく十右衛門殿は、その時のことをこの幽霊退治にも当てはめているのだろう」

つまり、祖父同士の囲碁でのいざこざが孫の代まで持ち込まれているわけだ。迷惑である。

「まあ、お前が付き合うことはない。囲碁や将棋ならともかく、幽霊退治で十右衛門殿の孫に勝てるとは思えないからな」

そうは言ってもやはり不満が残るらしく、左五平は黙り込んだ。再び横を向き、腕を組んでじっとしている。顔をしかめているが、それは何かを考えているというより、悔しさを必死に堪えているという表情だと伊勢次には感じられた。

伊勢次は申しわけない気持ちになった。長く続く沈黙に耐えられなくなったこともあり、遠慮がちに左五平に声をかけた。

「じいちゃん、ごめんよ。おいらが不甲斐ないばっかりに。今度はうまくやるからさ。また何かあったらおいらに言ってよ。お化け退治は無理だけど、他のことなら何でもやるから。お年寄りの話し相手でも、膏薬塗りでも、庭の草むしりでも」

「ほう、それならひとつ頼みを聞いてもらおうか。とある年寄りの、将棋の相手をしてほしいのだ」

伊勢次はうんうんと何度も頷いた。とんでもない無理難題を押し付けられるのかと思っていたら、随分と楽な仕事だ。

「そんなことならお安い御用だ。誰の相手をすればいいんだい」

「茂左衛門《もざえもん》さんだ。お前も分かるだろう。儂の弔いにも来てくれたし」

「ああ、高崎屋さんの……」

多町にある紙問屋の隠居だ。年は左五平とさほど変わらない。弔いの時の他にも何度かこの伊勢屋を訪れたことがあるので、伊勢次も顔くらいは知っている。

「その高崎屋さんでね、どこかに寮を持とうという話が出ているらしいんだよ」

寮というのは別荘のことだ。たいていは向島とか、根岸といった眺めのいい場所にある。高崎屋は商売がうまくいっているらしい。結構な話である。

「ふうん……ところでじいちゃん、どうしてそんな話を知ってるんだい。ここから動けないのに」

「うちの女中たちが話しているのを聞いたのじゃ。『高崎屋さん、今度寮を買うらしいわよ』『あら羨ましいわね。うちでもそんな話が出たらいいのに』『跡取り息子が仕事をしないで遊び歩いているんだから、うちは無理でしょ』なんてことを喋っていたよ」

「……あ、そう」

訊くんじゃなかった。

「それでだな、茂左衛門さんが寮の場所を探していた時に、亀戸の方に打ってつけの家が売れているという話を耳にしたらしいんじゃよ。どこか別の店が寮として持っていた家だそうだ。ちょうど良さそうだから、一度そこを見に行くという話になった。持ち主のご厚意で、試しに三日ほど使えることになったそうじゃ。つまり、ふた晩そこに泊まるわけじゃな」

「うちの女中たち、そんな細かいことまで知っているんだ」

「女というのはそういうものじゃよ。伊勢次も気を付けることだ。どんなに些細な話でも、女中同士、かみさん同士を伝って網の目のように広がっていくからな」

それならきっと、伊勢屋の若旦那が遊び人だという噂も方々に広まっていることだろう。恐ろしい。

「その亀戸の寮には茂左衛門さんが三日居続ける。他に高崎屋さんの番頭と手代がひとりずつ、交代で泊まることになっているらしい。それはいいのだが、ここで困ったことが起きた。茂左衛門さんは将棋が好きなのだが、番頭も手代も下手なそうなんだ。駒の動かし方くらいは知っているが、とにかく弱いということじゃな。それで、将棋を指す相手を茂左衛門さんが探しているらしいと、そう女中たちは話しておった」

「なるほど、話は分かったよ。高崎屋さんに行って、将棋の相手が見つかったかどうか訊いてみる。もし相手がいなかったら、おいらがその寮へついていけばいいんだね」

「うむ、そういうことじゃ。茂左衛門さんが亀戸へ行くのは今日からだというから、早めに動くようにな」

「えっ、そんな忙しい話なのか……」

自分は四日前の晩に相州屋に泊まった。おとといの晩は芳松だ。どちらも眠っていなかったから、次の日は一日じゅうぼんやりと過ごしてしまった。もちろん、伊勢屋の仕事はほとんどこなしていない。

そして今夜もまた亀戸に泊まりになるかもしれない。これでは誰がどう見てもただの遊び人だ。女中たちに悪く言われるのも仕方がない。

伊勢次は肩を竦めながら俯き、はぁ、と大きく溜息をついた。そのすぐ耳元で「頼んだぞ」という左五平の声がした。

驚いて顔を上げると、仏間から左五平の姿が消えていた。かすかな煙草の匂いだけが部屋に漂っていた。

――まあ、お化け退治じゃないだけましかな。

伊勢次はそう思うことで心を奮い立たせた。

二

伊勢次が高崎屋を訪れ、自分で良ければ相手になると告げると茂左衛門はたいそう喜んでくれた。やはり将棋の相手は見つかっていなかったようだ。

その上、茂左衛門以上に大喜びした男たちがいた。高崎屋の番頭と手代だ。もし伊勢次が来なければ、たとえ下手でも仕方なく二人が相手をすることになっていたらしい。

勤めている店のご隠居様を相手に将棋を指すなんてただでさえ気疲れするものなのに、それが一日じゅう続くかもしれなかったのだ。それこそ田舎へ逃げ帰りたくなるほどの暗鬱な気持ちに駆られていたそうである。そこへ伊勢次が現れたのだ。喜ぶなと言う方が無理である。そして伊勢次を万が一にも逃がすまいと考えたのも無理からぬことだった。

そんなわけで伊勢次は、左右から二人に両腕をがっしりと摑まれ、引きずられるようにして亀戸まで連れていかれてしまった。

「はあ、いい眺めでございますねぇ」

寮に着いた伊勢次は、ぐったりした思いになりながらも、とりあえず辺りの景色を褒めた。ここへ来るまでに話をした様子では、茂左衛門はすでにこの寮を手に入れる気になっているようだった。それで、わざわざ悪いことを言って相手の気分を腐すことはないと考えたのだ。

「うむ、素晴らしい場所だろう」

茂左衛門は満足そうに頷いた。高崎屋の番頭と手代、そして一緒についてきた二人の女中が先に寮の建物に入り、中の掃除をしている。伊勢次たちはそれが終わるのを庭で待っているところだ。

「いや、まったくです。本当に……何もなくて」

見渡す限り田畑しかない場所だった。たまにぽつりぽつりと百姓家や寺らしき建物が見えるだけだ。眺めがいいと褒めた後は、言うことが思いつかない。

「それがいいのじゃ。商売から離れて、のんびりするために買うのだからな。ここは川が近くにあるから釣りもできる。儂は若い頃、釣りに凝っていたことがあってね。商売が忙しくなってやめてしまったが、また始めようかと思っているんじゃよ。将棋ばかりでなく、たまには体を動かさないといけないからね」

確かにここは小名木川に竪川、横十間川、そして中川と、周りを川に囲まれているので、釣りが好きな人にとっては極楽浄土のような場所なのかもしれない。しかし伊勢次はそんなものに興味がないので、ただのつまらない土地にしか感じなかった。

だがもちろんそんなことはおくびにも出さず、茂左衛門に調子を合わせる。

「釣りでございますか。私も子供の頃に祖父に連れられて、何度か川へ出かけたことがありました」

「ほう、それなら釣り道具も持ってくれば良かったな。今日は将棋の道具しか持ってこさせていないのじゃよ」

「ああ、それは残念でございます」

ほっとしながら伊勢次は答えた。確かに川へ出かけたことはあるが、釣りはしていない。魚はかろうじて摑むことができるが、餌となる虫や蚯蚓《みみず》が触れないのだ。祖父が釣っているのを少し離れた場所から眺めていただけである。

「おお、そうじゃ。今日は番頭が一緒に泊まって、女中たちと手代は店に戻る。そして明日は番頭が帰って、手代が泊まりに来ることになっている。その時に、手代に釣り道具を持ってこさせればいいのだな」

「ああ、いや、それはやめた方がよろしいのでは……」

伊勢次は慌てて止めた。茂左衛門の考えを改めさせるために寮の方を指差す。

「……今回は、寮の建物の様子を見に来たのです。根太や屋根が傷んでいないかとか、使い勝手はどうかとか、色々と調べることはございます。なるべく寮の中やその周りで過ごすべきだと思いますが」

「ああ、その通りじゃな。さすが左五平さんのお孫さんだ。儂のような年寄りの将棋の相手をしてくれるだけではなく、そういう細かいところにまで気を回してくれる。左五平さんもそうだったよ。何かと世話を焼いてくれる人だった。時には人のすることに口出ししすぎて、お節介じじぃなんて言われてしまうこともあったが、そういう者も世の中には必要なんだ。左五平さんが亡くなって寂しく思う人も多かったと思うが、こんなお孫さんを残していったのなら安心だな。何と言うか、本当にそっくりだと思うよ」

「恐れ入ります」

孫として祖父のことを良く言われるのは嬉しいので、伊勢次は素直に頭を下げた。ただし、そっくりだと言われたのは心外だった。祖父とは欠片も似ていないと伊勢次は思っている。

「まあ、お前さんのおっしゃる通り、今回は家の造りをしっかり見ていくことにしよう。案外と広いようだしな。離れもある」

「そのようでございますね」

伊勢次は寮の様子を眺めた。掃除中で、戸や窓をすべて開け放っているので造りが分かる。戸口を入ると竈のある広い土間で、そこを上がるとやはりそこそこの広さの板の間だ。その先には田の字の形に部屋が四つある。

目を上げて、開いている窓から二階を覗いた。下のものより大きな部屋が二つ並んでいる。間を仕切っている襖を取り払えば、大広間としても使える造りだ。

厠は家の裏側にある。それから茂左衛門が言った「離れ」が家の横に建っていた。間口が一間半、奥行きは二間半といった辺りか。裏長屋のひと部屋という感じの広さだ。

寮の周りは生垣で囲まれている。伊勢次と茂左衛門のいる庭にも植木は多い。小さいながらも築山があるし、今は水が張られていないが石で囲まれた池のようなものも見える。多分、前にこの寮を使っていた人は庭造りが好きだったのだろう。なかなか風情がある。

再び二階を見上げると、一緒に来た高崎屋の女中が窓のところに布団を干している様子が目に入った。

「ああ、夜具などは昨日のうちに運んでおいたのですね」

思い返してみると、ここへ来る時、高崎屋の者たちはほとんど何も持っていなかった。わずかな手回り品の他は、将棋盤を包んだ風呂敷と駒を入れた巾着袋をぶら下げていたくらいだ。

「いや、あれは元々ここにあるものなのじゃよ。寮の持ち主から好きに使っていいと言われていてね。桶や水瓶、行灯や火鉢などもあるし、箱膳なども綺麗に洗って置いてあるそうじゃ」

「すぐにでも住めそうでございますね」

「さすがに口に入るものは置いていないから、余所で食べるなり、うちの番頭たちに買ってこさせるなりしなければ駄目だが、その他はほぼ揃っているのではないかな」

「それはまた、親切なことでございますね」

よほど早く寮を売りたい事情でもあるのだろうか。例えば商売がうまくいかず、大きな借金を抱えてしまったとか。

いや、それならここにある家財道具もすべて売り払って、少しでも返済の足しにするはずだ。そうなると、ただ運び出すのが面倒でそのまま置いてあるだけなのか。

――もしかしたら何かあって、道具類を残したまま逃げたのかもしれないな。

ふとそんな考えが頭に浮かび、伊勢次は縮み上がった。相州屋で見た、髪を振り乱した女の幽霊を思い出す。

――まさかここにも、妙なのが出てくるなんてことが……。

「さて、掃除もだいたい終わったようじゃし、儂らも中に入ってひと休みしようか。その後で、皆で昼飯を食べに行こう。少し戻る形になるが、富岡八幡宮の近くによく知っている鰻屋があるのじゃよ」

茂左衛門が明るい声で言い、先に立って寮の中に入っていった。

「は、はあ……」

伊勢次は不安な思いを抱きながら辺りを見回し、それから茂左衛門を追いかけた。

三

昼飯が終わったら手代と女中たちはそのまま高崎屋へと帰っていき、伊勢次と茂左衛門、そして番頭の三人で亀戸の寮へと戻った。

ちなみに高崎屋には一番番頭から三番番頭まで、三人もの番頭がいるので、ひとり欠けたくらいでは困らないらしい。さすが寮を買おうというくらいの店だ。渋い顔で伊勢次に嫌味を言う古参の番頭がひとりだけの伊勢屋とは違う。

寮に上がったらすぐに伊勢次と茂左衛門は将棋盤を囲み、番頭は晩飯を運ばせる手配をするためにまたどこかへ出ていった。

その後は、伊勢次はずっと将棋を指し続けた。もし茂左衛門が弱かったら分からないように勝ちを譲るような指し方を工夫しなければ、と思っていたのだが、幸いなことに両者の実力はほとんど同じで、ほんの少しだけ茂左衛門の方が強いくらいだった。お蔭で伊勢次は、晩飯に何を食ったか覚えていないほど将棋に夢中になってしまった。

茂左衛門も同じだ。途中で番頭に酒を持ってこさせたのだが、それに手をつけるのも忘れるほどだった。

「……お二人とも、そろそろお休みになられた方がよろしいかと思いますが」

二人が盤面を睨んでいると、横から番頭の遠慮がちな声がかかった。

「おや、もうそんな頃合かい」

茂左衛門が顔を上げた。伊勢次も驚いて周りを見た。いつの間にか隣の部屋に二人分の布団が延べられている。伊勢次と茂左衛門はそこで寝ろということのようだ。番頭は別の部屋に床を取るのだろう。

「それでは駒はこのままにして、続きは明日にするとしようか」

茂左衛門が立ち上がり、おおきなあくびをしながら寝床の方へと向かっていった。伊勢次はすぐにそちらへ向かわず、盤上の駒を動かさないように気を付けながら将棋盤を部屋の隅に寄せた。それから布団のある部屋に入ると、驚いたことに茂左衛門はもう寝息を立てていた。さすがに年寄りだから疲れもあるのだろうが、それにしても早いと舌を巻いた。

番頭は残った酒を片付けたり行灯の火を落としたりと、しばらくの間は動いていたが、それもやがて静かになった。やはり床についたようだ。気配からすると伊勢次たちがいる場所の斜めにある部屋らしい。田の字の形になっている四つの部屋のうち、伊勢次たちの布団があるのは南西側の部屋で、番頭は北東側だ。

——さて、おいらも寝るとするかな。

だが、その前に小便だ。

暗い中で外の厠へ行くのは怖いな、と顔をしかめながら伊勢次は静かに部屋を出た。南西側の部屋の奥に裏口がある。瓦灯という中に灯火を点すようになっている陶器が手前の小さな土間に置かれているので真っ暗ではなかった。

その横には蠟燭と手燭もあった。番頭が用意してくれたようだ。さすが高崎屋の番頭は抜かりがないな、と感心しながら瓦灯から蠟燭へ火を移して手燭に載せ、伊勢次は裏口を出た。

三月も終わりかけの頃で、朔が近い。細い月が顔を出すのは明け方近くになってからだ。今はまだ星明かりしかなく、ほとんど闇夜である。もし手燭がなかったら厠までたどり着けず、裏口のそばで立小便をしていたに違いない。伊勢次は用意のいい番頭に感謝しながら厠へとたどり着き、小便を終えた。

——うん？

裏口へ戻ろうとした伊勢次の目が、自分の持っている手燭の明かり以外の光を捉えた。離れの障子戸の向こうがぽわっと明るくなっている。行灯の光のようだ。

何者かが盗みでもしようと入り込んだのだろうか。いや、それは考えづらい。昼間、将棋の合間に厠へ行った際、伊勢次は離れを覗いてみたが、中には何もなくてがらんとしていた。だから盗人ということはあり得ない。また、宿なしがねぐらを求めて忍び込んだ、というのもない。それならわざわざ明かりを点けないだろうからだ。

それなら、自分が将棋に夢中になっていた間に番頭が離れに入って行灯を点け、そのまま消し忘れたのだろうか。あのよく気の回りそうな番頭が火の元を確かめずに出てしまうというのはどうかと思うし、そもそも日が暮れてから離れに行く用事などなさそうだが、それでもまだこちらの方があり得そうだ。

それともうひとつ、最もなさそうだが、しかし今の伊勢次にはどうしても頭に浮かんでしまう考えがある。それは、離れにこの世の者でない何かがいるということだ。幽霊がわざわざ明かりを点けるわけがない、とも思うが、決してないとは言い切れない。

いずれにしろ火の用心のために離れを覗きに行くべきだ。それは間違いない。だが……。

——ま、とりあえず寮へ戻って……。

寝ていると思われる高崎屋の番頭を起こすことにした。

もし番頭が点けた行灯だったら消しに行かせる。そうじゃなかったら誰かが入ったということだから、やはり番頭に見に行かせる。もしそれが幽霊だったら……番頭さん、お気の毒。うむ、これでいい。

伊勢次は裏口から再び寮へ入り、手燭を持ったまま番頭の布団がある北東側の部屋へ向かった。襖を少し開けて中を窺う。

番頭は布団に横になってはいたが、まだ眠ってはおらず、襖が開かれた気配を察して顔をこちらへと向けていた。

「どうかしましたか？」

「ああ、いや……厠へ行ったら、離れに明かりが点っているのが見えたものですから」

「はい？」

番頭は体を起こした。

「もしかしたら消し忘れたのではないかと思いまして」

「いえ、私は今日、離れには入っておりません」

「そうすると、何者かが勝手に入ったのかも……」

「それは大変だ」

番頭は立ち上がった。伊勢次がいるのとは反対側の襖を開けて、素早く部屋を出る。表戸の方から行くつもりらしい。

伊勢次が追いかけるように部屋を出ると、番頭は表戸に支《か》ってあった心張棒を外したところだった。戸を開け、体を半分ほど外に出して離れの方を窺う。

「明かりなど見えませんよ」

「中にいる者が消したのかもしれません」

「ふむ。確かめに行った方が良さそうですね」

番頭は外へ出て、離れの方へゆっくりと歩き出した。

伊勢次はまだ自分が手燭を持っていることに気づいた。一緒に行って照らしてやらないと、気が利かない人に思われてしまう。

手渡しておけば良かった、と後悔しながら伊勢次は土間に下り、戸口から体を出して離れの方へと手燭をかざした。番頭の背中がぼんやり見えたが、さすがに蠟燭の明かりで照らすのは無理があった。光が届かない。近くまで行かないと駄目だ。

伊勢次は外へ出ると、おっかなびっくり歩を進め、離れへと近づいた。番頭は伊勢次が追いつくのを待っていたようだった。そばまで行くと伊勢次の方を見て頷き、それから離れの中に向かって声をかけた。

「どなたかいらっしゃいますか」

返事はない。番頭は振り返り、手招きして伊勢次を呼ぶと離れの戸口の正面に立たせた。

「私が横から戸を開けますので、中がよく見えるようにそこで手燭をかざしていてください」

「はあ……えっ」

それだともし中にいる者が襲ってきた場合、自分の方に向かってくるのではないか。伊勢次は慌てたが、それを告げる前に番頭は戸を一気に開いてしまった。

伊勢次は手燭を前に出して身構えた。しかし、奥からは何も出てこなかった。誰かいるような気配もない。

番頭が足を踏み入れたので、伊勢次もその後へ続いた。

離れの中は、六畳ほどの広さの板敷きの部屋がひとつあるだけだった。隠れるような物も置かれていないので、人がいないことは一目瞭然だ。

「ああ、いや、確かに光が見えたのですが……」

「何かと見間違えたのでしょう。遠くにある家の明かりがここで光っているように見えたのかもしれません」

「はあ……申し訳ありません。寝ようとしていたところだったのに」

「気にしないでください。万が一ということもありますから、何かあったら遠慮なく起こしてくださって結構です。それでは戻りましょう。手燭は私が持ちます」

伊勢次は番頭に促されて離れを出た。

寮に戻ると、後のことは自分がやるから安心して寝るように、と番頭に言われた。部屋に入って夜具に横になると、番頭が表戸の戸締りをしたり、手燭を裏口へ持っていったりしている音が聞こえてきた。腰は低いし働き者だし、さすが高崎屋の奉公人は立派だな、と感心しながら伊勢次は目を閉じた。


翌日は朝から将棋三昧だった。

天気が良かったので二階の窓を開け放ち、景色を眺めながら指した。朝飯は高崎屋から手代と女中たちが運んできたのでそれを食べ、昼飯は蕎麦屋に出前を頼み、晩飯は仕出し屋の料理をつまんだ。さすがに座ったままでは体に悪いし、頭も疲れてくるので、昼過ぎに茂左衛門と二人で寮の周りを歩いたが、それ以外はずっと将棋を指していた。

そして、再び夜がやってきた。

番頭と手代が交代しているが、その他は昨日と同じだった。そろそろ寝た方がいい、という頃合いになると手代が声をかけ、茂左衛門がさっさと眠りにつく。その後、手代が片付けや戸締りをして静かになる。そして伊勢次は寝る前の小便に行くという具合だ。ただほんの少し違ったのは、伊勢次が手燭を持って裏口を出ようとすると、手代のいる部屋から大きないびきが聞こえてきたことだった。番頭と違い、こちらはあっという間に眠ったらしかった。

——ああ、良かった。今日は明かりが点いていない。

裏口から出た伊勢次は、まず離れの方へと目を向けた。真っ暗だった。遠くにある家の明かりなども目に入らない。辺りは一面の闇である。光っているのは夜空に瞬いている星と、伊勢次が持っている手燭の炎だけだ。

——まあ、それはそれで怖いんだけどな。

蠟燭の光は家の中だと壁や障子戸などを照らしてそれなりに明るい。しかし何も遮るものがない外だと、光が闇に吸い込まれるばかりで一向に明るく感じなかった。せいぜい足元の周りを照らしてくれるだけだ。

伊勢次は慎重に歩を進め、厠へ向かった。そして何事もなく無事に小便を終え、ほっとしながら厠を出た。

後は部屋に戻って寝るだけだ、と裏口へと顔を向ける。その目に、自分の持っている手燭以外の光が飛び込んできた。

目を向けると、離れの窓がぼわりと明るくなっている。

——おい、またかよ。

伊勢次は背筋が寒くなり、ぶるぶると震えた。手燭の火も揺れる。

厠へ向かっている時も、小便をしている間も、自分以外の誰かが外を歩くような物音は耳に入らなかった。怖がりだから、そういう気配は常に気にしている。もし離れに何者かがいるなら、初めからずっとそこにいたことになる。

――ど、どうすりゃいいんだ？

伊勢次は迷った。この先、自分は何をするべきか。

まず頭に浮かんだのは、昨夜のように高崎屋の奉公人に知らせて調べさせることだった。ただ、それだと昨夜と同じように明かりが消えて、中には誰もいなかった、という風に終わりそうな気がした。それに番頭と違い、今日泊まっている手代はすでに寝てしまっている。起こすのに手間がかかりそうだし、その際の声や物音で茂左衛門まで目覚めさせてしまったら申しわけない。

次に浮かんだのは、このまま放っておくという考えだ。これが最も良い。恐らくあそこにいるのはこの世の者ではないだろう。それなら火の用心など気にすることはない。自分は何も見なかった、ということにして寮に戻り、さっさと寝てしまうのだ。

しかし……少しばかり心が痛む。将棋を指しつつ話をした限りでは、茂左衛門はこの寮をかなり気に入ったようだった。このまま何事もなければ、恐らく茂左衛門はここを買って高崎屋の寮にすると思う。

――ううむ。

他人の店のことだから、伊勢次がとやかく言う必要はない。買いたければ勝手に買えばいい。それに今のところここで起きているのは、人のいない離れに明かりが点るだけである。大したことではない。それを教えたところで茂左衛門が考え直すとは限らない。

――寝ちまうか。

そうしよう。それがいい。

伊勢次は裏口へと足を向けた。数歩ばかり進んだところで足を止める。

――だが、もしここを買った後で高崎屋さんに何か悪いことが起きたら……。

多分、自分は一生後悔をすると思う。少なくとも、あの離れにいるものの正体を突き止めておいた方がいいのではないか。それを伝えた上で、どうするかは茂左衛門次第だ。

伊勢次は手燭の火を吹き消した。昨夜、高崎屋の番頭が覗いた時には離れの明かりは消えていたが、それは中にいる者がこちらの気配に気づいたからではないか、と考えたからだった。足音を忍ばせて、静かに近寄るのだ。

暗闇に目が慣れるまで少しの間その場で待つ。あまり夜目が利かない男なのだが、離れの障子越しに漏れる明かりがあるので、何とかそこまでたどり着けそうなくらいには見えるようになった。伊勢次は音を立てないようにのろのろとそちらへ近づいた。

南に向いている戸口の他に、離れには東側と北側に障子の嵌め込まれた窓があった。厠があるのは寮の建物の裏側なので、北側の窓の方が近い。伊勢次はそこから中を覗き込むことにした。

腰を曲げて体を低くし、足音を忍ばせて窓の下まで行く。離れの明かりは点ったままだ。息を殺して耳を澄まし、まず中の物音を探る。

まったくの無音、というわけではなかった。確かに中に誰かいて、何かをしているという気配が感じられた。

伊勢次は窓の下から腕だけを伸ばし、障子に触れた。中が覗ければいいので、ほんの少しだけ開ける。もし中の者が気づいて窓の方に近づいてきたらその影が障子に映るはずだが、それはなかった。気づかれていない。

ほっとしながら静かに体を少しずつ持ち上げ、窓の隙間に目をつけた。

離れの中に人が座っていた。伊勢次はそれを横から眺めている。

月代を剃っていない、総髪の白髪頭が見えた。男だ。年は五十代半ばくらいか。いや、もう少し上かもしれない。

男は体を前に倒し、一心不乱に筆を動かしていた。その横に行灯が置かれ、手元を照らしている。だから伊勢次は、男が何をしているかすぐに分かった。絵を描いているのだ。

――絵師みたいだな。

どこかの家の庭らしき場所に、たくさんの花が咲いている絵だった。男の筆はその花から離れた庭の隅の方で動いていたが、さすがに細かすぎてよく見えなかった。

男の頭がかすかに持ち上がった。伊勢次はぎくりとしたが、幸いこちらに気づいたのではなかった。下に置かれた紙から目を離して、前の方を見たのだ。どうやらそちらに何かが置かれていて、男はそれを見ながら絵を描いているようだった。

障子を細くしか開けていないので、伊勢次からだと陰になってしまい、男の前に置かれている物が何なのかは分からなかった。しかし……。

――よほど良い物が置かれているんだろうな。

伊勢次はそう感じた。なぜなら、そこへ目を向けた途端、男の顔に笑みが浮かんだからだった。喜悦の表情と言ってもいい顔に見えた。

男がまた下を向き、筆を動かし始めた。嬉しそうな表情のままだ。たまに、ぺろっと舌を出して自分の唇の辺りを舐めている。

——食い物でもあるのかな。

気になったので、伊勢次は指で少しだけ障子窓を広げ、そちらへと目を向けた。

「ひぃっ」

息を呑む声が漏れ出てしまった。男が見ていたのは人間の頭の骨だった。幾つもの髑髏が、部屋の隅に転がっていたのだ。

男が伊勢次の方へ顔を動かした。伊勢次もまた、しまった、と思いながら男の方を見た。

二人の目が合った瞬間、行灯の明かりが消えて辺りが真っ暗になった。


「……伊勢屋の若旦那、こんな所で寝ていると風邪をひきますよ」

体を揺すられて、伊勢次は目を覚ました。高崎屋の手代が心配そうな顔で伊勢次を覗き込んでいる。

「あ、ああ、いや」

伊勢次は慌てて体を起こした。なぜか外にいる。早朝のようだ。お天道様はまだ顔を出していないが、東の空が白々と明るくなっている。

「小便に起きたら、倒れている足が見えたものですから。いったいどうなさったんですかい」

手代が不思議そうな顔で訊いてくる。

「それが、自分でもよく覚えてなくて……確か寝る前に小便へ行って……」

伊勢次は頭を振りながら周りを見回した。すぐ横に壁があった。それが離れのものだと気づいた途端、昨夜のことを一気に思い出した。

慌てて立ち上がり、障子を大きく開けて離れの中を覗いた。

誰もいなかった。紙や筆もない。もちろん髑髏もない。がらんとした部屋が広がっているだけだ。行灯すらなかった。

あの男の気配は感じられない。伊勢次はほっとした。それと同時に、こんな離れのある寮を買おうとしている茂左衛門のことが心配になった。

「……ええと、手代さん、この寮の持ち主のことをご存じですか」

「は？」

いきなりそんなことを訊いたためか、かなり戸惑った顔を見せながら手代は答えた。

「小間物問屋の河内《かわち》屋さんですが……」

「多分、この寮の売り買いのことで高崎屋さんと会うことになっていると思うのですが、いつのことか分かりますか」

「河内屋さんなら今日の昼過ぎにここへお見えになるはずです」

「それはちょうど良かった」

ここには幽霊が棲みついている。それも髑髏を見ながら舌舐めずりするような、気味の悪い絵師の幽霊だ。そんな所を茂左衛門に買わせるわけにはいかない。自分が見たもののことを茂左衛門と河内屋に洗いざらい話すのだ。

――もしかしたら正気を疑われるかもしれないが……。

それでも黙っていて、後で後悔するよりはましだ、と伊勢次は思った。

四

「ははあ、離れで絵師の幽霊を見たとおっしゃるわけでございますね」

伊勢次の話を聞いた河内屋の主の宗兵衛《そうべえ》が笑みを浮かべた。荒唐無稽な話だと馬鹿にしている風には見えなかった。むしろ興味を抱いているような感じだ。

「それで、かつてこの寮で、何か恐ろしい出来事があったのではないかと思っていらっしゃるという……ああ、すみません、その手はちょっと待っていただけませんか」

伊勢次たちは寮の二階にいる。宗兵衛と茂左衛門が将棋を指し、それを伊勢次は横で眺めながら話をしていた。宗兵衛は五十過ぎの男で、物腰が柔らかくて好感が持てるが、将棋は弱いようだった。

「……もし高崎屋さんが何も知らずにここを買ったら気の毒だから、それで話をなさった、と。なかなかお優しいですね。それに離れを覗きに行ったあたり、度胸もおありになる。本石町の薬種屋、伊勢屋の若旦那の、伊勢次さんとおっしゃいましたか。まだお若いのに大したものだ」

「そんな褒められるような者ではございません。気を失って朝まで外で寝ていましたから。実はもの凄く怖がりなのです」

「幽霊を見てしまったのなら、特に怖がりな人じゃなくても腰を抜かしますよ。気を失ったからと言って恥じることはない。むしろ怖がりなのにわざわざ離れを覗きに行ったことを誇るべきです。高崎屋さんのためを思ってしたことだ。とても立派な若者だ、と感じましたよ。ねぇ、高崎屋さん」

「まったくだよ。この若旦那の亡き祖父を儂は知っているが、世のため人のために動く素晴らしい男じゃった。その左五平さんが亡くなって、もうあんな男は出てこないだろうと思っていたら、この若旦那がそっくりだったというわけじゃ。世の中うまくできているものじゃな」

「いや、本当にそんな者では……祖父とはまったく似ていませんし」

伊勢次は首を竦めた。もし似ていると感じるのなら、それは自分がその祖父に無理やり動かされているだけに他ならない。

「自分では違うと思っていても、傍から見ると父親や祖父にそっくりだという方はたくさんいます。姿や仕草などもそうですが、特に声や喋り方が似ていることが多いようですね。まあ、それはそうとして、離れの件ですが……」

宗兵衛が笑顔を引っ込めて話し出した。

「まず言っておかなければならないのは、私や河内屋の者は、離れに怪しい明かりが点るということをまったく知らなかったということです。伊勢次さんは、ここに布団などの家財道具がそのまま残されているのを幽霊が出るから逃げ出したのではないかと疑っているようですが、そのようなことは一切ございません。家の方にもあるのでわざわざ持ち帰る必要がないだけの話です。それらの道具類もひっくるめて、ここの寮を買ってくれるという方をお探ししていたわけです。そのあたりをぜひ高崎屋さんのご隠居様に信じていただきたいのですが……」

「うむ、疑いはしないよ。伊勢屋の若旦那の話では、うちの番頭が見に行った時には明かりが消えていたということだった。河内屋さんの時も同じに違いない。見える人には見える。そういうものなのじゃろう」

「伊勢次さんの話を信じるなら、そういうことになります。しかし……」

急に宗兵衛の目が鋭くなった。睨むように伊勢次を見る。

「何らかのわけがあって、嘘をついているのかもしれません。例えば伊勢屋の寮としてここを買いたくなったとか。それで幽霊が出るという話をでっち上げて高崎屋さんに諦めさせたり、値を下げさせようとしたり……」

伊勢次はぶるぶると首を振った。これだから幽霊を見たことを話すのは嫌なのだ。馬鹿にされるだけならまだましで、この宗兵衛のように何か裏があるのではないかと邪推する人も出てくる。

「高崎屋さんは伊勢次さんの祖父の左五平さんという方をご存じだから信用しているようですが、私は知りませんからね。高崎屋さんがこの寮を気に入ってくれたかどうか確かめに来たら、いきなり見知らぬどこかの若旦那が出てきて、幽霊が出るとけちを付け始めた。私から見ると、そうなります。これは疑わざるを得ません」

「う、ううん……」

伊勢次は唸った。宗兵衛の言うことは分かる。絵師の幽霊を見ているのは伊勢次だけなのだ。他の者は明かりすら見ていない。これは疑われても仕方のない話だ。

「……と、言いたいところですが、伊勢次さんの話は私も信じますよ」

宗兵衛がまた笑顔になった。表情がころころ変わる男である。

「え、あ、はあ……」

「実は伊勢次さんが見たという絵師に心当たりがあるのです。ここは私の亡き父が自分の隠居所として建てたものなのですが、絵の好きな父でございましてね。若い頃には絵師になることも考えていたらしい。結局は家業の小間物問屋を継いだわけですが、儲けた金で、見所はあってもなかなか芽の出ない絵師の面倒を見ていました。離れにいた絵師は、その頃にはもう年は六十近くになっていたと思いますが、父がたいそう気に入っておりましてね。あの離れはそもそも、その絵師のために建てたものなのです。旅に出ることも多かったのですが、戻ると離れに籠もって、旅先で描いた絵を仕上げていましたっけ」

伊勢次が見た幽霊は、どうやらその男のようだ。年回りが合っている。

「父は商売の上では愛想よくしていましたが、元来があまり人付き合いの好きな男ではありませんでした。それで、隠居してからはほとんど人に会わなくなった。だからこの隠居所に出入りしていたのは父と私、それに父の片腕として長く河内屋で働いていた番頭の三人くらいだったのです。それと、絵師の元に弟子のような若者が出入りしていた時期もありますが、わりとすぐに姿を見なくなりました。たまには他の人が寮を訪れることもありましたが、あの離れに絵師がいたことは知りません。申し上げたように絵師はいないことが多く、いても籠もりっきりでしたから。そういうわけで、私も伊勢次さんの話を信じるのです」

「あ、ありがとうございます」

それなら初めからそう言えばいいのに、なぜ睨んだりするのだと思いながら、伊勢次は頭を下げた。

「絵師はもう亡くなっています。旅先でのことで、そちらで葬られている。だからもし何かのきっかけで伊勢次さんがその絵師のことを知ったとしても、ここにその幽霊が出るなんて話をでっち上げるなんてことはしないでしょう。そんな話は誰も信じない。まだ父の幽霊が出ると言った方がいい」

そこまで話すと、宗兵衛は茂左衛門の方へ顔を向けた。

「伊勢次さんを信用するとなると、ここには絵師の幽霊が出るということになります。高崎屋さんに、この寮を買うのはやめる、と言われても仕方がありませんが、いかがお考えですか」

「ふむ」

茂左衛門はしばらく考え込み、それからすっと手を動かした。

「王手」

「あっ、それはちょっと待っていただいて……」

「いや、どちらにしろ詰んでおるよ。この局は儂の勝ちじゃ。それはそうと、ここの寮を買うかどうかじゃが……」

茂左衛門はなぜか伊勢次の方を見た。何を言われるのかと伊勢次は身構えた。

「……伊勢屋の若旦那に任せるよ。お前さん、決めてくれ」

「は？　この私が、でございますか？」

「伊勢屋さんと古い付き合いのある者はみな、何か困ったことがあると左五平さんの元を訪れて相談していたものだった。あの人の言う通りにすると、たいていは正しい方に進むことができたんだ。もちろんたまには間違えることもあったが、そういう時は自ら奔走して無理やり捻じ曲げ、正しいことにしていた。そんな左五平さんは生前、もし自分に何かあったら孫を頼れと言っておったんじゃ。お前さんは知らないじゃろうがな」

「そ、そんな……」

じいちゃん……なんて迷惑なことを。まさか生きている時から、自分が死んだらおいらを代わりにするつもりでいたんじゃ……。

悪霊だ。あの人はおいらに取り憑いた悪霊に違いない、と伊勢次は思った。

「そういうことでしたら、私も伊勢次さんに相談してみましょう。もし高崎屋さんがここを買わないとなったら、幽霊の出る離れのある寮が私の手に残ってしまいます。どうしたらよろしいでしょうか」

「えっ、河内屋さんまで……」

詰んだ。どうしようもない。茂左衛門のことを思って寮を買うのをやめさせたら、宗兵衛が困る。そうかと言って、幽霊が出る寮を茂左衛門に買わせるわけにはいかない。

伊勢次は必死で考えた。どうすればいいのか。

あの絵師の幽霊が出なくなればいいのだ。それは分かっている。しかしそのやり方が分からない。

幽霊になるということは、何かこの世に未練を残したのだろう。それを取り除けば絵師は消えるかもしれない。しかし、それは一体なんなのか……。

今のままでは何も思い浮かばない。絵師のことをもっと知る必要がある。

「……河内屋さん、その絵師について詳しく教えていただけませんか」

「残念ながら、先ほど話したのがすべてです。絵師がいた頃は私も店を継いだばかりで忙しく、あまりここへ来られなかったのです。ああ、念のために言っておきますが、父の片腕だった番頭もすでに亡くなっています」

いきなり壁にぶつかった。別の方へ進まなければ。

「ええと、絵師が葬られた場所はどこでしょうか」

寺の住職や近くの住人などから話を聞けば、あるいは絵師の未練が分かるかも……。

「私は聞いておりません。そういうのも、亡くなった父と番頭しか知りませんでした」

こちらも壁だ。しかし諦めるのは早い。

「その絵師が描いた絵を拝見させていただけませんか。もちろん河内屋にありますでしょう」

絵を見れば旅をした場所が分かるかもしれない。そこを訪ねていって……。

「ありません。父はあくまでも、芽の出ない絵師の暮らしを助けていただけなのです。自らが手に入れるために描かせていたわけではない。ただし、面倒を見ていた絵師が満足のいった作品を一点だけ買って、手元に残していたようです。しかし例の絵師は、それを残す前に旅先で亡くなってしまいましてね」

また壁に突き当たった。戸があるのに開けたらそこはなぜか壁、というからくり屋敷に迷い込んだ気分である。

だがまだ三方を塞がれただけだ。もう一面残っている。ここは必ず開いているはずだ。

「……河内屋さん。その絵師の名は何と言うのでしょうか。画号ってやつです。多分、描いた絵に記してあると思うのですが」

「鞠谷雷冬《まりやらいとう》です。雷と冬ですね。絵にはそう記してあるし、落款も押されているでしょう」

「それなら、絵が売られていそうな店を訪ね歩けば……」

「無駄足に終わると思います。実は私も、ある時ふと思い立って、探してみたことがあるのです。なかなか見つからないので意地になり、河内屋の者も使って江戸じゅうの店を探したのですが、ありませんでした。雷冬は絵師になるのが遅かったようで、そもそも数をあまり残していないのです」

「うわ……」

四方を壁に囲まれている。自分はどうしてこんな場所に入ったのだろう。

これは無理だ。かくなる上は……泣いて謝ろう。

伊勢次は畳の上に手を突いたが、泣く前に宗兵衛が話し出してしまった。

「絵師になる前は表具の仕事でもしていたのか、雷冬は描いた絵を器用に自分で掛け軸に仕立てていました。それを、やはり自分で商家を回って売り歩いていたようでした。それらの絵が出回っていないということは、買った人に気に入られているのでしょうね。まあ、蔵にでも仕舞い込まれて忘れられているだけかもしれませんが」

「は？」

伊勢次は下げかけていた頭を上げた。壁がひび割れて、そこからほんのかすかな光が差し込んだ気がした。もしかしたら鞠谷雷冬の残した絵が見つかるかもしれない。

「河内屋さん、それから高崎屋さんのご隠居様も、ここの売り買いの件は少し待っていただけませんか。調べたいことがあるのです」

二人の顔を見ながら頼み込むと、先に茂左衛門が頷いた。

「儂は構わんよ。河内屋さんはどうかな」

「私も待ちましょう。高崎屋さんの他に寮の買い手を探したところで、早々見つかりませんから。絵師の幽霊のことを黙っていれば別ですが、さすがにそんなことはしたくありません」

「うむ。ではそういうことで、頼んだよ、若旦那」

茂左衛門がにこにこしながら言い、宗兵衛も笑顔で頷いた。

「……さて、もう一局始めようか」

茂左衛門が駒を並べ始めた。宗兵衛も盤上に手を伸ばす。どうやら二人は、これで話は終わりで、あとは伊勢次にすべてを託すつもりらしい。寮の売り買いなんて結構な金が動くと思うのだが、こんな若造に任せてよく平気なものだ。

そんな信頼をされても困るのに、と伊勢次は重荷に感じながら立ち上がった。部屋を出る前に、二泊した上に飯も食わせてもらったお礼を茂左衛門に告げようとしたが、口を開く前に手をぱたぱたと振られてしまった。礼などいいから行けと言っているようだった。

将棋盤を睨んでいる二人に向かって頭を下げ、伊勢次は部屋を出た。

――まずは掛け軸に記されている絵師の名を確かめに行くことかな。

相州屋、筑波屋、そして芳松だ。伊勢次は、その中に鞠谷雷冬の描いた絵が混じっているような気がしてならなかった。芳松には何も出なかったから違うかもしれないが、相州屋と筑波屋は怪しい。

そこに雷冬の絵があったら……まだその先は思い付いていない。絵を取っ掛かりとして、先へ進む道が見つかるのを祈るだけだ。

もし雷冬の絵ではなかったら……その時はやはり泣いて謝るしかない。

だが、その前にもうひとつ試せる手もある。武井文七郎をこの寮の離れに泊まらせることだ。うちの薬代の借金を減らすと言えば、喜んでするだろう。あの人なら力技で無理やり雷冬の幽霊を消し去ることができるかもしれない。

――そう言えば、武井様は相州屋の件を片付けに行ったんだったな。

一昨日の晩に泊まったから、今頃は結果が出ているはずだ。幽霊は退治できただろうか。

鞠谷雷冬の件を調べるのにも力を借りたい。文七郎にも会っておかなければならないな、と伊勢次は思った。

料亭小梅の夜

一

向島にある小梅という料亭に武井文七郎は向かっていた。

苦虫を嚙み潰したような顔をしている。日頃からむすっとした顔をしている時が多い男だが、今日は特に酷くて、ここまで来る途中ですれ違った人々はみな文七郎を大きく避けて通っていった。お蔭で歩きやすかった。

文七郎の機嫌が悪いのは、相州屋の幽霊退治に失敗したからだった。旅姿をしていたから道中差が怪しいと睨んだのだが、それは間違いだったのだ。

相州屋の店主の安兵衛は、すぐにその刀を亀田屋という古道具屋に売ったそうだ。そしてその夜、いつもは通いで来ている奉公人に、試しに店に泊まらせた。そうしたら、やはり店じゅうを歩き回る足音が聞こえ、奉公人は一晩じゅうそれに悩まされたという。

――もっとも、そのことでいちばん迷惑をこうむったのは伊勢次のやつだが……。

　さすがに御家人の倅である文七郎には安兵衛も文句が言えない。そこで、間に入った伊勢次の元を訪れて、散々愚痴を言って帰ったそうだ。相州屋の幽霊退治が駄目だったことは、その伊勢次を通して聞かされたのである。

——あの悪霊め、いつか斬ってやるからな。

　文七郎は、祖父の十右衛門に対しても腹を立てている。そもそも今回の幽霊退治を始めるきっかけになったのは、十右衛門のせいだからである。

　相州屋で幽霊に遭った次の朝、文七郎は実家を訪れている。結果として幽霊退治は失敗に終わったのだが、その時はまだ成功したと思っていたから十右衛門に知らせに行ったのである。その際、ついでに斬り捨てようとしたのだが、やはり文七郎の刀は効かなかった。

——刀に貼ってある御札を増やさねばいかんな。

　ただ、それは今すぐでなくても構わない。十右衛門は文七郎が幽霊退治に成功したと騙されたようで、飯の味が戻っていた。だから御札については次にまた呼び出される時までにどうにかすればいい。

　それより先にしなければならないのは、相州屋の件を改めて片付けることだ。安兵衛にとって文七郎は「化け物退治の先生などと偉そうな顔をして、結局はただで酒を飲んでいっただけの男」になっている。武士の名誉にかけて、この汚名を返上しなければならない。

　その件について、どうやら伊勢次の方で何やら手掛かりのようなものが摑めたらしかった。その話を聞くために文七郎は今、小梅に向かっているのだ。伊勢次は先に小梅に行って、待っているこ とになっている。

小梅と言えば、芳松の店主の多兵衛が料理の修業をした店である。多兵衛は三カ月ごとに小梅を訪れ、掛け軸や壺を借りて行くという話だった。

芳松には文七郎と伊勢次が二人で泊まり込んだが、結局幽霊など出ずに夜が明けた。だから文七郎は、芳松にあった道具類のことはすっかり頭から外していた。しかし今回、伊勢次がわざわざ小梅に文七郎を呼び出したということは、多分その道具のどれかに手掛かりがあったのだろう。

——伊勢次の話を聞く前に、むしゃくしゃした気分を晴らしておきたいが……。

文七郎は歩みを止めて辺りを見回した。

向島は田畑が広がっている土地で、文七郎が歩いている道も両脇は田んぼだ。景色がいいので小梅のような料亭や大店の寮なども建てられる場所である。当然、静かだ。文七郎の憂さを晴らす種など落ちていそうになかった。

文七郎は、ちっ、と舌打ちして再び歩き出した。その耳に、数名の男たちが揉めているような声が飛び込んできた。

喧嘩かな、と思わずにんまりしながら声の出所を探る。田んぼに囲まれた木立が目に留まった。稲荷か何かを祀っている場所のようだが、声はそこから聞こえてくるらしい。

文七郎は、あぜ道を通って木立に近づいてみた。思った通り、少しずつ声が大きくなってくる。相手に見つからないよう木の陰に隠れてそっと覗くと、四人の男たちがいた。ひとりの男を三人で取り囲んでいる。

真ん中にいるのは総髪の男だ。年は三十くらいで、大人しそうな顔をしている。

周りにいるのは年こそばらばらだが、どれも悪そうな人相をしていた。一見してまともな仕事をしている者ではないのが分かった。

強請《ゆす》られでもしているのか、とにかく総髪の男が周りの男たちに脅されているのは間違いないようだ。ただ、今はまだ割って入るには早い。堂々と暴れるためには、もう少し様子を見ていた方がいい。

そう思いながら眺めていると、総髪の男が囲んでいた男のひとりに胸倉を摑まれた。「よし、やれっ」と文七郎は心の中で声を上げる。

ばしっ、という小気味の良い音が木立に響いた。総髪の男が殴られたのだ。

総髪の男がうずくまった。その脇腹の辺りを、殴ったのとは別の男が蹴った。もうひとりの男も足を上げる。

三人の男が取り囲み、次々と足蹴にし始めた。総髪の男は初めのうちこそ手で払うような仕草を見せていたが、しばらくすると頭を守るように抱えて、ただ堪えるだけになった。

ここまで見届けた文七郎は、そろそろ頃合だ、とゆっくりと木の陰から出た。

「……貴様ら、弱い者いじめは良くないな」

落ち着き払った低い声を出した。体は男たちの正面ではなく、横に向けている。目もそちらの方は見ずに、遠くを眺めるような感じにした。格好をつけているのである。

「そんなやつを殴っても面白くないだろう。男なら強い者を相手にするべきだ」

まだ顔を男たちの方へ向けない。あらぬ方を見つつ、落とし差しにしていた刀をすっと倒して抜きやすいようにする。

「何ならこの俺が相手になって……あ、あれ？」

満を持して正面へと目を向けたら、人相の悪い連中はもうそこにいなかった。木立を出て、遠くへ走り去っていく背中が見えた。

「あ、おいこら、ちょっと待て……」

しまった、逃げられた。てっきり「お侍でも構わねぇ、お前ら、やっちまえ」みたいな流れになるものと思っていた。こんなことならさっさと飛び出して、問答無用でぶちのめしておけば良かった。

その場に残っているのは、連中にやられていた弱そうな男だけである。さすがの文七郎も、この男を相手に憂さ晴らしをするほど鬼ではない。逃げていく連中を見送りながら、はあ、と大きくひとつ息を吐き出し、それから元の道に戻ろうと振り返った。

「あ、あの……」

うずくまっている男が文七郎に声をかけた。殴られた時の痛みがあるのか喋りづらそうだ。

「何か用か」

文七郎は面倒臭そうに返事をした。

「あの……お助けいただいて……」

「礼を言われる筋合いはない」

まさにその通りである。文七郎がその気になれば、この男が痛い目に遭う前に幾らでも助けられた。ただのやられ損なのだ。

「それなら……せめてお名前だけでも……」

「断る」

若い女に訊かれたのなら喜んで答えるが、三十男に名乗っても仕方がない。

文七郎はさっさとその場を立ち去った。元の道に戻ったところで振り返ると、総髪の男がふらふらと木立を出て、どこかへ歩いていくのが目に入った。体のあちこちを痛めている様子だが、それでも大きな怪我はしていないように見える。それならもうどうでもいい、と文七郎はその男のことを忘れることにした。

二

「そこで待て」

小梅に着いた文七郎は、伊勢次のいる部屋まで案内してくれた店の若者を手で制した。襖を開けようとしていた若者は驚いたような顔で脇に避けた。文七郎は代わりに襖の前に立ち、刀に手をかけた。それから、足を使って一気に襖を開けた。

「わざわざお呼び立てしてしまい、申しわけありません」

部屋の中で待ち構えていた伊勢次が落ち着いた様子でそう言い、文七郎に頭を下げた。まったく動じている様子がない。いつものことなので慣れているのだろう。

「別に怪しい者などおりませんよ」

「うむ。分かってはいるが念のためにな」

文七郎は「ちっ、つまらん」と思いながら刀から手を外し、後ろを振り返った。案内してきた男が尻餅をついていた。伊勢次ではなくこちらがびっくりしたようだ。文七郎は「すまんな」と声をかけて襖を閉めた。

改めて部屋の中を見回す。客を通す料亭の二階の座敷だから余計なものが置かれていないのは当然だが、それにしてもすっきりしすぎているように感じられた。それはなぜかと考えて、床の間に何もないからだと気づいた。掛け軸や壺、置物の類が飾られていない。

いや、掛け軸だけはあった。ただし床の間ではなく、座っている伊勢次の前に広げられている。それも二幅だ。

文七郎がここへ来たのは、相州屋の件で手掛かりのようなものが摑めたと伊勢次に言われたからである。どうやら伊勢次は掛け軸を疑っているらしいな、と文七郎は思った。

しかしそこにあるのは相州屋に飾られていた、鶴と松のめでたい絵ではなかった。これはどういうことだろう、と首を傾げながら文七郎は床の間の前にどっかりと腰を下ろした。

「それで、何が分かったと言うのだ」

伊勢次は二幅の掛け軸を文七郎へと向けた。

「まずはこちらをご覧ください」

「ああ?」

文七郎は、まず左側に置いてある掛け軸を見た。梅に鶯という、よくある絵が描かれている。少し奥の右手に梅の根や幹があり、そこから左手前に向かって大きく枝が伸びている。その枝の上に鶯がとまっているといった具合だ。

「この絵は憶えがあるな。確か、芳松にあった掛け軸だ」

伊勢次が見張った方の部屋にあった絵なのでじっくりは見ていないが、間違いない。

続いて右側に広げられている掛け軸へ目を移した。猪牙船や屋根船が浮かぶ夜の川が描かれている。川の手前の方に木があると見えて、やけに絡み合った枝が絵の外側から伸びている。その枝に重なるようにして、空に丸い月が浮かんでいた。

「これは見たことがないな。心当たりもない」

「はい。それはこの小梅の蔵にあった物です。武井様がいらっしゃる前に中を調べさせてもらい、見つけて参りました」

「ふうん」

「実は、筑波屋さんと相州屋さんの掛け軸も借りてこようと思ったのですが……」

「断られたのか」

「大事な品だから外へは出せないと言われましてね」

「なるほど。それは筑波屋の方だな」

伊勢次が筑波屋で借りようとしたのは、蔵の中の御札で封じた箱に収められた掛け軸に違いない。あそこには鹿にまつわる道具が入っているから、その掛け軸にも鹿が描かれていたはずだ。鹿は筑波屋の守り神らしいから、それで持ち出すのを拒んだのだろう。

「相州屋で借りられなかったのは、俺が幽霊退治にしくじったせいか」

「その前に私も見当違いのことを言って、幽霊とは関わりのない道具を売らせてしまいましたから。それもあって、まだ怒っておりまして」

「ああ、そうだったな。それでお前、あの親父から妙な呼び名を賜っていたっけ。ええと、確か……『ふかふかの煎餅布団』だったか」

「……いえ、『粋な野暮天野郎』です。まったく違います」

いや、惜しいではないかと文七郎は思った。反対のものを組み合わせた言葉というところは合っていた。伊勢次の呼ばれ方など正直どうでもいいので、そこまで近ければ十分だ。

「……そういうわけで、筑波屋さんと相州屋さんの絵はありません」

伊勢次が話を掛け軸へと戻した。

「それから芳松にはもうひとつ、武井様が見張っていた部屋にも掛け軸がありました。橋を渡る男の絵でしたが、これは今回の件と関わりがないので持ってきておりません」

「それならこの、梅と鶯の絵だって同じではないのか。芳松には幽霊が出なかったのだから」

「いえ、関わりがあるのです。もうひとつの、小梅の蔵にあった掛け軸もそうです。武井様、この二つの絵をよく見てください。何か気づきませんか」

文七郎は自分の前に置かれた掛け軸へ顔を近づけて見比べてみた。

川の絵には満月が描かれているから、多分これは秋の絵なのだろう。梅と鶯は言うまでもなく春だ。季節はまったく違う。

川と満月の方は広い景色を描いているが、もう片方は梅の木と枝の鶯だけで、背後には何も描かれていない。そのため絵の雰囲気が異なって感じられた。夜と昼の違いのせいもある。

「何も気づかんな」

「実は同じ人が描いているのです。絵の横に作者の号と落款があります。これはどちらも、鞠谷雷冬という絵師の手によるものなのです」

「ふうむ、興味がないから気づかなかった」

「相州屋さんから掛け軸を借りることはできませんでしたが、床の間にあった絵を見て参りました。やはり鞠谷雷冬の絵でございました。筑波屋さんの方も頼み込んで、蔵の中を覗かせていただきました。こちらにも一幅だけ、鞠谷雷冬の絵の掛け軸がありました」

「ほう、それは面白いな」

幽霊が出た場所を調べたら、同じ絵師の描いた絵が出てきた。これは掛け軸が怪しいのではないか、と伊勢次が考えるのも分からなくはない。

「……しかし、この梅と鶯の絵があった芳松では幽霊が出なかった。それで掛け軸のせいにするのは無理があるのではないか」

「確かに私たちが泊まった時には何事も起こりませんでしたが、誰もいない夜中に芳松の中で人の気配がしたという話を近所の人がしていたのも事実です。その芳松には相州屋さん、筑波屋さんと同じく、雷冬の描いた掛け軸がある。疑わざるを得ません。そこで……」

伊勢次は立ち上がった。いつの間にか手に矢筈《やはず》という、掛け軸を飾る際に使う棒を持っている。それを器用に扱い、二幅の掛け軸を並べて床の間に掛けた。

「……もう一度、試してみたいと思ったのです。そこで、今晩ここへ泊まって、果たして幽霊が出てくるか待ったらどうかと考えました。小梅の店主とはすでに話がつけてあります。それにご一緒していただきたいと思い、武井様をお呼びしたわけでございますが……」

「お前ひとりでは怖いからか」

「はあ。恥ずかしながら、まさにおっしゃる通りでございます。私ひとりではとても泊まれません。たとえ武井様がいらっしゃっても、幽霊が出たら気を失うか、あるいは泣きながら這って逃げると思います」

「それは面白そうだ。幽霊よりそっちが見たいから付き合ってやろう。だが……」

文七郎は首を傾げた。幽霊が現れれば掛け軸が原因だったと分かるから、相州屋の件で失った名誉も挽回できそうだ。ぜひ思い切り出てきてもらいたいものだ、とは思う。

「……こういう料亭では幽霊も出にくいのではないか。夜でも人が多そうだからな」

文七郎は耳を澄ました。今はまだ昼の七つ前だが、それでも小梅には自分たちの他にも多くの客が訪れているようで、ざわざわとした声が耳に入ってきた。夜になると、これがもっと増えるのではないだろうか。

「いえ、ご心配には及びません。確かに夜の六つくらいには増えますが、その後は徐々に減ります。この小梅は、遅くまで開けていないのですよ。店主や住み込みで働いている者は、裏にある別棟に寝泊まりしているそうです。だから、今夜も九つくらいまでには私と武井様だけになってしまいます」

「そうなのか……俺はてっきり、こういう料亭は夜通し飲んだり騒いだりするものだと思っていた。女を呼んでな」

「そういう店もございますが、小梅はこの辺りに物見遊山に来るお客を主に相手にしているらしいのです。女遊びが目当てのお客は吉原の方に行ってしまうみたいです。隅田川を渡った先ですから、ここからだと案外と近いようです。昼にうちの料理を楽しんで少しのんびりし、それから船を仕立てて吉原に向かうというお客が結構いると聞きました」

「なんだ……そういう店なのか」

文七郎は少しがっかりした。泊まるのはやめようか、とちらりと考えたが、飯の味も戻ったことだし、酒もたくさんあるだろうから、それでも構わないか、とすぐに思い直した。

「ところで、この小梅に幽霊が出たという噂はあるのか？」

文七郎は床の間の掛け軸へ目を向けた。

「お前がこの小梅の蔵から出してきた、その川と満月の絵は雷冬とかいう絵師が描いたのだろう。芳松にあった梅と鶯の絵もここの蔵に仕舞われていた物だ。掛け軸が怪しいというお前の考えが正しければ、これまでに小梅の者も何かしらの気配を感じていたはずだ。夜は人がいなくなると言っても、すぐ裏に住んでいるのだからな。たまには見回りにも来るだろうし」

「はい、そういう噂は確かにございました。幽霊そのものを見たという話はありませんが、足音を聞くことはあるようです。ただし、それは小梅の店の中ではございません。火の元は店を閉める際にしっかり確かめるそうで、見回りの時は外から戸締りがされているかを調べるだけだそうです。ここは芳松と違って造りがしっかりしているので、もし幽霊が歩いていたとしても分からないみたいです」

「すると、外で聞いたということか」

「蔵の辺りでするようでございます」

「ふむ」

ここまでは、伊勢次の考えは当たっているようだ。

「しかしまだ解せぬことがある。伊勢次、お前が掛け軸を疑うようになった、そのわけだ。絵師が同じなどということによく気づいたな。俺と同じで、絵のようなものにはまったく興味がなさそうだったが」

「はあ、実は……武井様が相州屋さんで幽霊退治をした日の次の晩から、私は二日ほど亀戸で泊まったのです。とある商家の寮だったのですが、離れがありまして……そこで鞠谷雷冬の幽霊を見てしまったのです。中で絵を描いておりました」

「ほう」

相州屋や芳松で見た掛け軸と、絵師の幽霊が伊勢次の頭の中で結びついたわけだ。もしやと思って掛け軸に記されている号を確かめたのも分かる。

しかし、そうなるとまたよく分からないことも出てくる。

「俺が相州屋で見たのは旅姿の二人連れの幽霊だ。男と女のな。多分、夫婦者だと思う。それから筑波屋で遭ったのは母子の幽霊だ。しかし、お前が見たのは絵師そのものだろう。そのあたりはどう考えているのだ」

「雷冬の幽霊は他とは別であると思います。この絵師がどうして化けて出てくるのかはまだ謎ですが、掛け軸に憑いている幽霊の方は何となくこうではないか、と思うことがあります。離れで雷冬の幽霊は絵を描いていたのですが、しゃれこうべがその前に並んでいました。雷冬は、それを見ながら舌舐めずりをしていましたっけ」

その時のことを思い出したのだろう。伊勢次は話しながら体を震わせた。

「それで私は、実は雷冬は、人の死体や骨を絵の中に描いたのではないか、と考えたのです。

本物を見ながらなので、それで描かれた者が怒って、幽霊として出ているのではないかと」

「ああ？」

文七郎は立ち上がり、床の間に乗って掛け軸へと顔を近づけた。先ほども二つの絵を見比べるために眺めたが、それよりもっと細かい所までまじまじと見た。

「そんなもの、どこにもないぞ」

「不思議なことに、そうなのです」

伊勢次も床の間に上がってきて、ほとんど顔が付かんばかりに掛け軸へ近寄った。しばらく舐めるように絵を眺めてから、力なく首を振る。

「川のどこかに死体が浮いているのではないか。あるいは猪牙船に筵が載っていて、下から腕が覗いているのではないか。もしかしたら梅の木の下に骨が埋められていて、それがほんの少しだけ出ているのではないか。そう思って詳しく調べたのですが、見つからないのです。もう目が疲れました」

伊勢次は何度も瞬きを繰り返しながら絵から離れ、元の場所に腰を下ろした。

「筑波屋さんと相州屋さんの掛け軸も、もっとよく調べたかったのですが無理でした。筑波屋さんは蔵から出してくれずに暗くて駄目、相州屋さんでは作者の号を確かめただけですぐに追い出されました」

「つまり、結局は何も分かっていないということだな」

文七郎が告げると、伊勢次は、はああ、と大きく溜息をついた。

「私は、亀戸の寮の離れにいる雷冬の幽霊を出ないようにしなければならないのです」

「またじいさんの幽霊に頼まれたか」

「いえ、違います。元をたどれば祖父のせいなのですが……頼んできたのは寮の持ち主と、その寮を買おうとしているご老人です。それで雷冬について調べようと思ったのですが、何ら手掛かりになるようなものがありません。唯一、雷冬につながりそうなのが、これらの掛け軸なのです」

「ふうん。そんな頼みなど断ればいいのに。怖がりなんだからよ」

俺の場合は食い物の味が変わるから仕方なくじじぃの幽霊の言うことを聞いているのだが、伊勢次は少し違う。まったくこいつは人が良すぎる。きっと死んだじいさんに似て、根がお節介にできているのだろう。

——まぁ、うちの薬代も溜まっていることだし、俺は付き合って損はないからな。

文七郎は床の間から下りると、「飯と酒が来たら起こしてくれ」と伊勢次に告げて、ごろりと横になった。

三

裏にあるという別棟に小梅の店の者たちが移ってから半時ほどが過ぎた。

店の中に残っているのは文七郎と伊勢次だけである。今のところは何も現れていないし、怪しい物音も耳に入ってはこない。それでもこの小梅からは、不気味としか言えない雰囲気がひしひしと伝わってきた。

それは店が広いせいだろうと文七郎は考えていた。数日前に小料理屋の芳松に泊まったが、そこは小さな八百屋と味噌屋だった店をくっつけただけの店で、客が落ち着いて飲む座敷は二階にふたつしかなかった。しかし小梅は一階と二階の両方に座敷が幾つもあり、それらが曲りくねった廊下で結ばれていた。それなのに無人で、しかもどこも真っ暗である。これは怖い。

その不気味さは建物の外も変わらなかった。ここは向島という、田畑ばかりの土地だ。近くに人家はない。今は三月から四月へと替わる時期なので朔が近く、月明かりもない。少し歩いて隅田川まで出れば向こう岸に吉原の灯が見えるのかもしれないが、そちらの方は木々に隠れていてここからでは見えない。だから、表には漆黒の闇が広がっている。

――ふむ、なかなか素晴らしいな。

怖がりの者にとっては地獄のような場所に感じるだろう、と思わず笑みが漏れそうになるのを文七郎は堪えて、そっと伊勢次の顔を盗み見た。

思った通り顔が強張っていた。鞠谷雷冬とかいう絵師への手掛かりを掴むために必死で我慢しているのだろうが、怯えが隠しきれていない。

――せっかくだから、ここをもっと怖い場所にしてやるかな。

座敷の隅に寝転がっていた文七郎は、おもむろに立ち上がった。伊勢次がぎょっとした顔で文七郎の方を見る。

「武井様、どうなさったのですか」

「絵師と掛け軸の話は確かに面白いと思ったが、今はまだ必ずしもそれが正しいと決まったわけではないだろう。壺など別の物に憑いているという考えも捨てきれない。この小梅では足音は蔵の辺りでしたということだから、そっちを見回ってくる。お前はここで掛け軸を見張っていてくれ」

「えっ、し、しばしお待ちを。もし武井様がいらっしゃらない時に幽霊が出たら……」

「俺が戻るまで捕まえておいてくれ。離すなよ」

「そ、そんな無茶な……」

伊勢次の嘆くような掠れ声を背中に聞きながら文七郎は座敷を出た。廊下に明かりはないが、襖を開けっ放しにしたので、部屋から漏れ出る行灯の光で何とか見通せた。そのまままっすぐに裏口へと向かう。

外に出ると月がなくて暗かったが、その分、空には星が明るく瞬いていた。文七郎は少しその場に留まり、闇に目が慣れるのを待った。

元々やたらと夜目が利く男なので、やがて星明りだけでも小梅の建物や周りの木々の形が黒い影となって見えるくらいにはなった。足元はさすがによく分からないので気をつけないと駄目だが、ゆっくりと歩くだけなら十分である。文七郎は慎重に歩を進めながら蔵の方へと近づいていった。

蔵は木々に囲まれていた。その黒い木の影の向こうに真っ直ぐな線になっている影もあった。多分、小梅の店主や奉公人たちが寝泊まりしている別棟の屋根であろう。

——うん？

蔵のすぐ前まで来た時、文七郎は足を止めた。かすかな物音が聞こえたからだった。

風で木々などが揺れただけかもしれないが、と思いながら、そっと耳を澄ます。

地面を擦るような音が聞こえた。何者かが歩いている音だ。

「……見回りかい?」

文七郎は音のする方に向かって呼びかけた。小梅の奉公人が様子を見に来たのかもしれないと考えたからだ。しかし返事はなかった。

文七郎の呼びかけとともに足音は止まった。闇の向こうから、こちらを窺っているような気配だけが漂ってくる。

「いやあ、大変だな、こんな怖い場所の見回りをさせられるのは。火の元には気を付けているから、もう戻ってもいいぞ」

わざと呑気そうな声を出しながら、文七郎は腰の刀に手をやった。奉公人が見回りに来たのではない、と感じている。小梅の者なら文七郎たちが泊まっているのを知っているから何らかの返事をするはずだ。それに明かりを持っていないのもおかしい。

——伊勢次のいる部屋に出てくれた方が面白いのに。

少しがっかりしながら刀の下げ緒を解いた。筑波屋に現れたのは悪戯小僧とその母親の幽霊。相州屋に出たのは髪を振り乱した女と、その夫と思われる旅姿の男の幽霊。はたしてこの小梅では、どんなやつが姿を見せるのだろう、と考えながら目を凝らす。

相手の姿を捉えることはできなかった。さすがに闇が濃すぎる。

「どうした、気分でも悪いのか」

もっと近づかねば駄目だ、と考え、文七郎は足を踏み出した。その途端に、再び足音が耳に入ってきた。

文七郎は振り返った。その足音は蔵のそばではなく、小梅の表側から聞こえてきたのだ。植木や池などがある庭の辺りからだ。ここからだと建物の向こう側になるので、かすかにしか聞こえなかったが、間違いなく数人分の足音だった。

――随分と多いな。

化け物屋敷かここは、と思いながら文七郎は引き返した。いったん裏口まで戻り、そこから建物に沿って庭の方へ回る。

境目に低い生垣があるだけで、庭の先は広々とした田畑へとそのまま続いている。だから木々に囲まれた裏側よりもはるかに見やすかった。すでにすっかり暗闇に目が慣れている文七郎には、星明りだけで庭の様子が見て取れた。

――誰もいないな。

刀の鯉口を切り、いつでも抜けるようにしながら建物をぐるりと回る。念のため途中で表戸を確かめてみたが、戸締りはしっかりされていた。

ひと回りして、裏口へと戻ってくる。文七郎が外に出た時、戸をすっかり閉めずに五寸ほど開けたままにしておいたのだが、その幅に変わりはなかった。誰も出入りしていないようだ。

――足音の主はどこへ行ったのだ？

文七郎は、最初に音を聞いた蔵の方へと歩いた。戸の前で立ち止まり、息を殺して耳をそばだてる。

「ふえぇぇぇ」

情けない声が辺りに響いた。小梅の中からだった。伊勢次だ。

――ふむ、そっちに出たか。

やはり幽霊も怖がってくれる人の方がいいのだろうな、と考えながら急いで裏口から入り、伊勢次のいる座敷へと向かった。刀を抜いて中へ飛び込むと、伊勢次が壁際に背をつけて小さく縮こまっていた。

「どこだ？」

文七郎は部屋を見回した。出ていった時と変わりはなかった。幽霊などいないし、気配も感じられない。

「そ、それ……」

伊勢次が震える手で床の間を指差したので、文七郎はそこに下がっている二幅の掛け軸へ目をやった。これにも特に変わった様子は見られない。部屋を出る前と同じだ。

「何が言いたい？」

刀を鞘に戻しながら訊ねると、伊勢次は「よ、よく見てください」と答えた。

文七郎は掛け軸に近づいて、絵をじっくり見た。もしかしたら何かが絵から抜け出したのかもしれないと思ったが、それはなさそうだった。鶯は枝にとまっているし、月は空に、舟は川に浮いている。前に見た時のままだ。絵にも変化はない。

「ああ？」

伊勢次の方を振り返り、どういうことだという風に眉をひそめた。すると伊勢次は、「言い方を間違えました」と言った。

「よく見てはいけません。適当に力を抜いて見てください。少し離れて」

「何だ、それは」

意味が分からん、と首を傾げながら、文七郎は言われた通りに床の間から離れた。反対側の壁際で体を縮めている伊勢次の横に立ち、絵を見つめる。

「武井様がいなくなった後で、私は座っていた場所を移し、掛け軸から離れたのです。気味が悪かったものですから。しばらくして疲れを感じ、大きく伸びをしながら後ろへ寝そべろうとしました。すると頭が壁にぶち当たったのです。部屋の隅へと移ったのをすっかり忘れておりまして」

「間抜けだな」

「はい。それで頭を押さえて床に寝転がったのですが、その際に掛け軸の方へ目を向けたのです。するとなんと、絵の中に顔が見えたのです」

「うん?」

「川と月の絵の方です。絵の外側から木の枝が伸びて月と重なっています。横を向いているので分かりにくいと思いますが、半分だけ覗いている人の顔に見えませんか」

文七郎は顔を傾けて眺めた。言われてみれば絵の上の方に人の顔があるように見えなくもない。横から伸びた枝が顔の形を作っている。月が目だ。空に浮かんでいるのと、水面に映っているのとで両の目になっているのだ。

「……いくらなんでも目が大きすぎるな」

「髑髏です。しゃれこうべです。離れで私が見た鞠谷雷冬は、これを描いていたに違いありません」

「……ううん、そうか？」

文七郎は改めてじっくりと絵を眺めた。確かに髑髏と言われればそうだ。しかしこれは遊び絵とか騙し絵とか言われる類のものである。雷冬とかいう絵師が、わざわざ幽霊となってまでこんな絵を描いていたとは思えない。

「……もうひとつの絵の方はどうなんだ。芳松にあった梅と鶯の方は」

「そちらはまだ調べていません。怖くてじっくりと見ることができなくて……ですが、きっと同じような仕掛けが……」

「なさそうだが」

梅の枝が顔の形に、そこで羽を休めている鶯が目に……はとても見えなかった。

「はあ……そんなはずは……」

伊勢次は顔を横に傾けたり、立ち上がって股の間から逆さに覗いたりした。それでも駄目と見えて、今度は床の間に上がって絵を脇の方から眺めたり、下から見上げたりもした。

「ありませんね。おかしいなぁ」

「……俺は外を見回ってくる」

掛け軸を眺めるのに飽きた。それよりもさっき外で聞いた足音が気になる。

「伊勢次はここで絵を調べていろ」

「えっ、待ってください。幽霊が出てきたらどうするんですか。お願いですから行かないでください。何となくですが、出るなら私ひとりの時のような気がするのです」

「俺もそう思う。だから外へ行くのだ」

冷たく言い放って文七郎は座敷を出た。後ろから伊勢次の「ふぇぇぇぇ」という声が聞こえてきた。

もしかしたらついてくるかもしれない、と思ったが、伊勢次はそのまま部屋に留まっていた。

文七郎はひとりで裏口を抜け、蔵の方へ向かった。

立ち止まって耳を澄ます。足音はしないし、誰かが潜んでいるような気配もなかった。

次に小梅の表側の、庭の方へと回った。同じように辺りの音に気を配ったが、やはり何も聞こえなかった。

——ううむ、あれは何だったんだろうな……。

幽霊なのだろうか。それならなぜ足音だけで、筑波屋や相州屋の時のように姿を見せてくれなかったのか。

——まあ、まだ夜は長い。待っていればまた現れるかもしれないな。

掛け軸の方も気になるから、今夜は小梅の内と外を行ったり来たりすることになりそうだ。

面倒臭いから、もし出るなら早めにしてほしいものだ、と思いながら、文七郎は満天の星空を見上げた。

四

結局その後は何事も起こらないまま白々と夜が明けてしまった。

芳松の時と同じだった。どうも料理屋とはあまり相性が良くないな、と顔をしかめながら、文七郎は昇りゆく朝日を小梅の庭から眺めた。

「今日はもう出ないでしょうね」

伊勢次も庭に出てきて文七郎の横に立っている。随分とまぶしそうな目をしていた。ひと晩じゅう起きていただけでなく、ずっと座敷で梅と鶯の掛け軸をあらゆる見方で眺め続けていたためにかなり目が疲れているようだ。

「わざわざお付き合いいただいたのに、幽霊が出なくて申しわけありませんでした」

「そんなことは謝らなくていい」

自分は筑波屋と相州屋で、伊勢次は相州屋と亀戸の寮で、たまたま立て続けに幽霊に遭っているが、本来はなかなか見られるものではない。だから出てこなくても腹は立たなかった。ただで美味い飯と酒にありつけたのだから、ありがたいくらいだと文七郎は思っていた。

「それより伊勢次、これからどうするのだ？」

「はあ。結局幽霊は出ませんでしたが、小梅にあった掛け軸に髑髏の絵が大きく描かれていたことは分かりました。私が亀戸の寮で見た鞠谷雷冬の幽霊の様子から考えて、何の関わりもないとは思えません。ですから、また筑波屋と相州屋へ絵を調べに参ります。そちらにも髑髏が描かれているかもしれません」

「だが、描かれていないかもしれない。芳松から持ってきた、鶯と梅の絵にはないみたいだからな。それに、髑髏が見つかったとして、その先はどうするつもりなんだ。お前は亀戸の寮に出る、雷冬とかいう絵師の幽霊をどうにかしたいのだろう」

「その先は……絵に描かれていた場所を探そうと思います。そこを訪れて近くに住む人に訊ねれば、雷冬について何か分かるかもしれない」

「ふうむ、それは難しいのではないか」

伊勢次はあの絵にあった川の場所を探そうとしているに違いない。だがそこが江戸やその近くであるとは限らない。かなり手間がかかりそうである。

「しかし、それくらいしか思い付きませんので」

「うむ、確かにそうだな……それはそうと、腹が減ったのだが」

「小梅の店主や奉公人たちが寝泊まりしている別棟の方で、朝飯をいただけることになっております。さすがに夜通し起きていて体も辛いので、その後は布団を借りて、昼くらいまで寝かせてもらおうと思っているのですが」

「ああ、それはいいな。ついでに小梅で昼飯も食わせてもらおう。もちろんその支払いは伊勢次になるが」

貧乏で、ただでさえ食うや食わずの暮らしをしているのに、最近ではいつ飯が不味くなるか分からないのだ。食える時に食っておかねばならない。

それに筑波屋に出た母子の幽霊こそ何とかしたが、その後はうまくいっていない。ここらで体を休め、美味いもので気分を変えることも必要だ。そうすれば運も巡ってくるだろう、と文七郎は考え、店の裏手にある別棟の方へと足を進めた。

昼頃まで休むつもりが、目を覚ますと八つ時になっていた。

小梅の座敷で、伊勢次とともに遅い昼飯をいただく。腹に詰め込むように無我夢中で食らっていると、襖の向こうから声がかけられた。

伊勢次が返事をすると静かに襖が開いた。小梅の店主が畏まって座っていた。

「お二人にお会いしたいという方がいらっしゃっております」

文七郎は伊勢次の顔へと目を向けた。ここへ文七郎を訪ねてくるような者はまったく思い付かない。そうすると伊勢次に用があると思われるが、こちらも心当たりがないようで首を傾げながら文七郎の方を見ていた。

「……どちら様でしょうか」

伊勢次が訊ねると、店主は返事をせずに黙って部屋に入ってきた。襖を閉め、文七郎と伊勢次のすぐ前まで来て、小声で囁くように告げる。

「岡っ引きでございます」

再び文七郎と伊勢次は顔を見合わせた。文七郎が「お前か?」という風に指を差してみると、伊勢次はぶるぶると首を振った。そして「武井様では?」というように、上に向けて広げた手の平を前へ出した。文七郎は少し考えたが、近頃はさほど後ろめたい行いはしていないので、同じように首を横に振った。

「お通ししてください」

伊勢次が首を傾げながら店主に告げた。

店主が部屋を出ると、入れ替わるように四十手前くらいの男が襖の向こうに座った。すぐ横で待っていたらしい。男は文七郎の方へ向かって丁寧に頭を下げた。

「音羽界隈でお上の御用を務めさせていただいております、藤助《とうすけ》と申します」

ここでまた文七郎たちは顔を見合わせた。音羽と言えば、二人ともつい最近訪れている。

「……相州屋で何かございましたか」

伊勢次が訊くと、藤助は「はい」と答えて目を左右に配った。小梅には他にも客がいるようで、襖を開けていると話し声が入ってくる。藤助はそれを気にしているようだった。

「中へ入ってくれ」

文七郎が言うと藤助は素早く立ち上がり、部屋に入って襖を閉めた。それから文七郎の正面に座り、また頭を下げた。

「実は、昨夜……と言うより今日の明け方になりますが、相州屋に賊が入りました」

「な、なんですって」

すぐ横で伊勢次が大声を出した。文七郎も驚いたが、それよりも伊勢次の声にびっくりしてしまった。うるさいぞ、と横目で伊勢次を睨んでから藤助に訊ねた。

「相州屋の者たちは無事か？」

「幸いなことに怪我をされた方はおりません。多分、お二人もご存じかと思いますが、相州屋はこのところ、夜になると人がいなくなりますので」

「どうして俺たちがそれを『ご存じ』だと思うのだ」

「相州屋の安兵衛さんに伺いました。武井様と、それから本石町の伊勢屋の若旦那が……」

藤助はちらりと伊勢次の方へ目を向け、またすぐに文七郎へ戻した。

「……つい先日、立て続けに相州屋にお泊まりになったとか。ああ、もちろんお二方がどうと考えているわけではございません。昨夜はここにいらっしゃったと小梅の者から聞いてもおりますし……ただ、念のためお話だけでも伺えればと思いまして」

「ふうん」

文七郎は改めて藤助を眺めた。こちらの素性を知っているようで、物腰は丁寧だ。表情も柔和である。しかし目の奥が笑っていない。文七郎と伊勢次が相州屋に盗みに入ったわけではないが、もしかしたら盗賊の仲間かもしれない……と疑っている節はある。

「……相州屋の儲けは、安兵衛さんが毎回おかみさんの実家の方へ持って帰るということでしたので、銭が盗まれることはありませんでした。また、骨董などの類はほとんどが蔵の方に入れられていましたが、こちらに連中は入っておりません。しかし、客間の床の間にあった壺や掛け軸、置物、根付などが盗まれたそうです」

「あぁ……」

伊勢次が小さく声を漏らした。多分、鞠谷雷冬につながる手掛かりになるかもしれない掛け軸が盗まれたことを嘆いたのだろう。

一方、文七郎は馬鹿な泥棒だと心の中で笑った。盗んだやつは怪しい足音に悩まされるに違いない。

「恐らく数名で盗みに入ったものと思われます」

「それで、俺たちに何が訊きたいのだ」

「特にこれを伺いたいというものがあるわけではございません。賊に関してはまだ何も分かっておりませんので、もし相州屋に泊まられた際に少しでもお気づきになられたことがあったら聞いておきたいと思い、こちらを訪ねて参ったのでございます」

「ふむ」

文七郎は、あの旅姿の二人連れの幽霊の話をしていいものかどうか迷った。世の中にはその手の話を頭から信じない者もいる。もし藤助がそうだったら、下手に喋るとかえってこちらへの疑いを深めるだけになる。

「……相州屋の者が夜になると店から離れるわけを聞いているか？」

「伺っております。妙な足音がするからとか。武井様も伊勢屋の若旦那も、それを道具に憑いた幽霊とお考えになった、ということも耳にしました」

「それを聞いて、どう思った？」

「私は幽霊や妖の類を目にしたことはありませんが、もしかしたらそういうものもいるかもしれない、と思います。しかし私にとっては、それはどうでもいいことなのです。幽霊や妖は物を盗んだりしません。あくまでも私の相手は人間でございますから」

「なるほど」

「相州屋の者が聞いたのは、実は賊が下見に訪れた際の足音ではないかと考えております。いよいよ入ろうとしたら武井様や若旦那がいらっしゃった。それで少し間を置いて、昨夜ついに盗みに入ったのではないかと考えているのですが」

「悪くない考えだな」

この藤助は、文七郎や伊勢次が幽霊の姿をはっきり見ていることを相州屋の安兵衛に聞いているはずだ。しかしそれについては訊いてこない。盗みの件とは別のこととして、脇に置いている感じだ。言葉通り、あくまでも賊につながることだけを選んでいる。

多分、岡っ引きとしては有能な男なのだろう、と思いながら文七郎は藤助に訊ねた。

「……しかし相州屋の者たちは足音を家の中で聞いている。随分堂々とした下見だな。その時に盗めばいいではないか」

「出所は分からないということでしたから、外の音が家の中でしたように感じたのではないかと考えています。武井様や伊勢屋の若旦那が泊まった際、そのような音はしませんでしたか。盗人が周りを歩いているような……」

「いや、聞いていないな」

文七郎は首を振った。夫婦者の幽霊にしか出遭っていない。盗人の気配などなかった。

「左様でございますか。お手間を取らせてしまい、申しわけありませんでした」

藤助はにこりと微笑み、また深々と頭を下げてから立ち上がった。伊勢次も見送るために立ち上がる。文七郎は座ったままで藤助が部屋を出るのを眺めていた。

藤助は廊下に出たところで伊勢次に何やら告げ、それから去っていった。

「……何かあったらまた話を聞きに、伊勢屋に顔を出すかもしれないと言われました」

戻ってきた伊勢次が顔をしかめながら言った。

「私のような商人にとっては、岡っ引きなんてものはできれば避けたい人間です。店に顔を出すのはだいたい金をたかりに来る時ですから。もっとも、あの藤助という男は、岡っ引きにしてはまともみたいだから……」

「甘いな。多分あいつ、俺たちのことを疑っているぞ。相州屋に入ったのが俺たちではないにしても、盗人連中と何らかのつながりがあるのではないかという考えを持っているように感じる。例えば店の造りや置かれている物を教える役目だとか。恐らくあいつが伊勢屋に行くのも、俺より伊勢次の方が与《くみ》しやすいと見たからだろう。強く押せばぺらぺら喋りそうだと思ったんじゃないかな」

文七郎の言葉を聞いて、伊勢次はますます顔をしかめた。

「強くどころか、指先で軽く押されただけで私は何でも喋ります。訊かれていないことまで話してしまいます。でも困ったことに、盗人の件については喋ることがありません。私はまったく関わりがないのですから」

「そこをあの藤助とかいう岡っ引きがどう考えるかだな。まあしばらくは周りをうろうろされるだろう。あまり幽霊がどうとかは言わない方がいいぞ。かえって疑いを深めるだけだ」

「ああ、もう……」

伊勢次は泣きそうな顔になりながら床の間へと顔を向けた。二人は昨夜泊まったのと同じ部屋にいる。例の二幅の掛け軸がそのままで下がっていた。

「私はあの川の景色の場所を探さねばなりません。これは多分、かなり苦労するでしょう。その上、さらにこんな面倒までが降りかかってしまって……」

「下手に江戸から出たら、ますます疑われるに違いないな」

「そんな……それでは盗人連中が捕まるまで動けないではありませんか。雷冬の幽霊を亀戸の寮に出ないようにしなければならないのに」

「うむ……それなんだがな、伊勢次」

文七郎も床の間へ目をやった。

「絵の場所を探し当て、絵師のことを近くの人々に訊いて回る……などという面倒なことをせずとも、あの掛け軸を借りて、伊勢屋に持って帰ったらいいのではないか。それで、お前のじいさんに見せるのだ。同じ幽霊なんだから、雷冬とかいう絵師のことが分かりそうなものだ。少なくともその掛け軸に幽霊が憑いているかどうかくらいは教えてくれるだろう」

「あ、ああ……そうですね。その手がありましたか」

伊勢次は頷いたが、嫌そうな顔をしている。

「ううん、この掛け軸を持って帰るのか……。ひとつは髑髏が描かれているし、もう片方にも何かありそうだし、できればうちの中に入れたくないのですが……。まぁ、仕方ありません。小梅の店主に相談して、借りる算段をつけます。私の方はそうするとして、武井様はこれからどうなさいますか」

「うむ、そうだな……多分、相州屋にはもう幽霊は出なそうだな」

汚名を返上したかったが、壺や掛け軸などあの客間にあった物が盗まれてしまった以上、それも叶わないだろう。

雷冬の幽霊については、伊勢次のじいさんの返答を待つことになる。

「初めに片付けた筑波屋の件以来、どうも物事がうまく進んでいない。お蔭で俺は、ずっと気分がむしゃくしゃしている。とりあえずこれを晴らしておきたいから……伊勢次、すまんが銭を貸してくれんか」

「はあ。構いませんが、何に使うのでございますか」

「御札を買うのよ」

気分をすっきりさせるには、うちにいる悪霊を叩きのめすのが一番だ。そのためにはまず、刀に貼ってある御札の数を増やさなければならない。

――待ってろよ、糞じじぃ。必ず倒してやるからな。

文七郎は窓の外に広がる向島の景色を眺めながら、深く心に誓った。

待ち伏せ

一

「ほら、いつまでも寝ていないで、さっさと起きるんだ」

激しく体を揺すられて伊勢次は目を覚ました。

まだ眠い目をこすりながら布団の横を見ると、祖父の左五平が腰を下ろし、身を乗り出すようにして伊勢次の顔を覗き込んでいた。

生前のままの左五平の姿である。もし見えたらの話だが、知らない者がこの様子を目にしたら、寝坊助な孫を祖父が起こしただけの光景に見えるだろう。

「じ、じいちゃん……どうしたんだい。幽霊なんだからさ、襖の向こうから恨めしげに覗いているとか、痩せこけて骨と皮しかないとか、顔が鼠色とか、いきなり血を吐くとか、腐っていくとか、そういう風にしてくれないと驚くじゃないか」

「やめろと言ったのはお前じゃろうが」

「いや、そうなんだけどさ……」

こうして生前のままの姿で、ここにいて当然といった顔をして出てくるのも、よくよく考えるとかなり怖い、と思いながら伊勢次は周りを見た。伊勢屋の、いつも寝ている自分の部屋だ。こちらはまだ雨戸を立てたままなので薄暗いが、開いた襖から見える隣の仏間はもう雨戸も外されて明るくなっている。どうやら夜が明けてからだいぶ経っているらしい。昨日、昼過ぎまで小梅で寝ていたために昨夜はなかなか寝付けなかった。それで寝過ごしたようだ。

「いいから伊勢次、すぐに顔を洗ってきなさい。今、店の方に岡っ引きが来ていて、うちの番頭と話をしている。音羽の親分さんだそうだ」

「ああ、藤助さんか」

いずれ来るとは思ってはいたが、昨日の今日とは早すぎる。

伊勢次は顔をしかめながら立ち上がった。手拭いを持って部屋を出て、裏口を抜けて裏長屋にある井戸端へ行く。そこで顔を洗って戻ってくると、ちょうど伊勢次の部屋に番頭が顔を出したところだった。

「若旦那、音羽の親分とかいう人がいらっしゃっています」

小声で、しかし物凄く怖い顔をしながら伊勢次に告げた。きっと遊び歩いている間に何か悪さをしでかしたのではないか、と疑っているに違いない。

声を抑えているのは、すでに藤助を客間に通した後だからだろう。伊勢次は番頭に言いわけじみたことは言わず、軽く頷いただけで自分の部屋を後にした。

客間に入ると、そこには二人の人物が座っていた。ひとりはもちろん藤助だ。落ち着いた様子で、「昨日はどうも」などと言って伊勢次に頭を下げている。

もうひとりは左五平だった。うちの孫に妙なことをしたら承知しないぞ、という風に藤助を睨みつけている。しかもそれは藤助の顔のすぐ横だ。

もちろん当の藤助は、そこに幽霊がいることに気づいていない。

「お店を開ける支度の最中に来てしまったようだ。ご迷惑ではありませんでしたか」

「ああ、構いません。気になさらないでください」

伊勢次は首を振ったが、左五平は凄い勢いで何度も頷いている。目障りだ。

「それで、今日はどのようなご用でございますか」

伊勢次はそう問いかけながら藤助の正面に座った。左五平も体を少し動かして、藤助の背後へと移った。伊勢次から見ると、藤助の肩の少し後ろに左五平の顔がある。ますます目障りになった。

「いえ、大した話ではないのですがね。実は……」

藤助は柔和な顔つきで伊勢次の顔を眺めながら穏やかな声で話し始めると、勿体ぶるようにそこで言葉を止めた。

これは悪くない話のようだな。もしかしたら相州屋に入った盗人が捕まったのかもしれない、と伊勢次は思いながら、藤助の話の続きを待った。すると藤助は急に厳しい顔つきになり、低い声音で告げた。

「……昨夜、北本所の芳松という小料理屋に賊が入りました」

思わぬ言葉だったので、伊勢次の頭にはすぐに入ってこなかった。しばらく呆然とした顔で藤助の顔を眺め、それからやっと「ええっ」と叫ぼうとした。が、その声は喉から出なかった。先に左五平が両手を上げ、目や口を丸くして体じゅうで驚いた様子を表したのだ。あまりにも大袈裟過ぎる動きに思わず笑いが漏れそうになってしまうのを伊勢次は必死で堪えた。

「おや、驚かれないようですな」

「えっ、ああ、いや、びっくりしすぎて言葉が出ないのです」

「ほう」

藤助は訝しげな顔で伊勢次を見た。

相州屋、芳松と、伊勢次が泊まった場所が立て続けに賊に入られている。間違いなく藤助はこちらを疑っているだろう。もしここで妙な動きや表情をしたらますます怪しまれるに違いない。なるべくじいちゃんの方を見ないようにしなければ、と伊勢次は頰を引き締めた。

「本所は私の縄張りではありませんが、賊が入ったと聞いて、もしかしたら相州屋の件とつながりがあるのではないかと思ったのですよ。それで本所の親分さんに断って、私も芳松の店主から色々と話を伺わせてもらいました」

「は、はあ……それで、芳松の人に怪我などは……」

「ありません。ご存じのように、芳松も夜は誰もいなくなりますからね。相州屋と同じだ。朝、店に入ったら荒らされていたという感じで」

「それは良かった」

伊勢次は胸を撫で下ろした。左五平も藤助の後ろで自分の胸に手を当て、安堵の息を吐き出している。

「それでは、やはり色々と盗まれたのでしょうか」

「さほどのことはなかったようだ。酒を大量に飲まれてしまったそうだが、その他に盗まれたのは二階にあった掛け軸だけらしい。橋を渡る男が描かれていたとか。他にもう一幅あったということだが、それは伊勢次さんが借りていったそうですね」

藤助は客間の床の間を見た。そこには二幅の掛け軸が下げられている。ひとつは小梅の蔵にあった川と月の絵、もうひとつが芳松にあった梅と鶯の絵だ。

「確か、昨日小梅で会った時にも掛けられていましたっけ」

さすがは藤助、しっかりと見ていたようだ。

「はい、その後で小梅の店主に許しを得てお借りしたのです。ああ、芳松にあった方も、元々は小梅にあった物ですので」

ちなみにこれらの掛け軸のことは、昨夜のうちに左五平に訊ねている。川と月の方には髑髏も隠されて描かれているので、きっと妙なものが憑いているに違いないと思っていたのだが、左五平の答えは「どちらもただの絵」だった。

「小梅からの借り物であることは、芳松の店主の多兵衛さんから聞いています。掛け軸がひとつでも無事だったことで、少しは救われたと言っていた。それにしても若旦那、どうしてこの絵をお借りになったんですかい。大して珍しいものではないと思うのだが」

「はあ……ええと……面白い絵だと思いまして」

幽霊がどうとかは言わない方がいいと文七郎から釘を刺されている。そうかと言って、岡っ引き相手に調べて分かるような嘘をつくのもまずい。うまく誤魔化しつつ、藤助が納得するような返答をしなければならない。

「……ほら、少し離れて眺めると、髑髏のように見えますでしょう。なかなか面白いとは思いませんか」

伊勢次は月と川が描かれている掛け軸を指した。藤助は怪訝そうに眉をひそめて眺めていたが、やがて「ああっ」と声を上げた。

「確かに月が髑髏の目のようだ。すると、もう片方の絵にもそういう仕掛けが？」

「同じ絵師の手によるものなので多分そうなのではないかと思ったのですが、見方が悪いのか、髑髏など目に入らないいんですよ。それで、もう少しじっくり見ようと思って、わざわざ借りてきたというわけでして」

「なるほど」

藤助は立ち上がり、梅と鶯の方の絵をじっくりと眺め始めた。初めは離れたところに立ち、そこから徐々に近づいていく。

「ううむ、私にも見つけられないが……」

左五平の幽霊も立ち上がった。こちらは床の間に上がって、藤助の方を向いた。梅と鶯の掛け軸の前に立ちはだかるような形になる。もちろん藤助には左五平が見えていない。

二人の間が少しずつ狭まっていく。同時に、少しずつ左五平の顔に変化が現れた。

――じ、じいちゃんが、腐っていく……。

顔色がどす黒くなったかと思うと、頰の肉も削げ落ちていく。目が大きく窪み、木のうろのような穴になる。そのうちに、目玉がそのうろの奥へと転げ落ちた。

やがて左五平の頬の皮があちこちで破れ、中の骨が覗き始めた。鼻が腐り落ち、下顎も皮一枚でぶら下がっているだけになった。

「ううん、髑髏なんてないなぁ……」

とうとう藤助が床の間の前まで近づいた。その目と鼻の先に、ほとんど骨ばかりになった左五平の顔がある

――いや、髑髏なら今、親分のすぐ目の前にいるんだけど。

だけどじいちゃん……。

「……まだ水っぽいよ」

思わず声が出てしまった。もの凄く小さな囁きだったが、藤助は聞き漏らさなかった。

「は？　水がどうかしましたかい」

「あ、いや……もう片方の絵の方を見ていたものですから。なんか、水っぽいなぁって」

「そりゃ川の絵ですからねぇ……」

怪訝そうに首を傾げながら藤助は床の間から離れ、再び伊勢次の正面に座った。

「まぁ、なぜ絵を借りたのかについては分かりました」

左五平もついてきて、藤助の斜め後ろに腰を下ろした。生前の福々しい姿に戻っていたので伊勢次はほっとした。

「それでですね、今日は、若旦那が芳松に泊まった時に、何か妙なことはなかったか訊ねに来たのですよ。近所の人がたまに、誰もいない芳松の中で足音を聞いた、と言っているらしい。若旦那が泊まった時はいかがでしたか」

伊勢次は首を振った。芳松に泊まった時は、幽霊は出なかったのだ。

「ふうむ、そうですかい。いや、その辺りの話は多兵衛さんからも伺っていますが、念のために若旦那にもお訊ねしただけでしてね。他に、何か気づかれたことはございませんかい」

「ええと……」

芳松に泊まった日にどんなことがあったかな、と伊勢次は首を捻って思い起こそうとした。考えながら何気なく目を漂わせているうちに、藤助の背後にいる左五平を見てしまった。

なぜか左五平も腕を組んで難しい顔をしている。多分、一緒になって考えているのだろうが、伊勢屋から出られない左五平の幽霊が、あの晩の芳松のことを知っているわけがない。そんな祖父の姿を見ていると、肝心のあの日のことが頭に浮かばなくなった。

「あの……申しわけありません。何も思いつかないのですが」

「左様ですか。もちろん構いませんよ。あくまでも念のために伺っただけだ。それでは私はこれで。もし何か思い出したら教えてください」

藤助は立ち上がった。同時に、襖の向こうでどたどたと数人の足音が去っていった。跡取りの若旦那のところに岡っ引きが来たので、店の奉公人たちが集まって聞き耳を立てていたらしい。番頭だけでなく、他の者も伊勢次が何か悪さをしでかしたと思ったようだ。日頃の信用がないとこういう時に困る。

当然、藤助も気づいただろうが、さすがにこの岡っ引きは動じなかった。まったく顔色を変えずに襖を開けると、番頭などに軽く頭を下げて伊勢屋を出ていった。

「……じいちゃん、どうして邪魔をするんだよ」

藤助が店から去ったのを確かめてから、伊勢次は左五平に文句を言った。

「何を言うか。儂は可愛い孫が岡っ引きに何か酷いことをされるのではないかと心配して、やつを見張るために……」

「いいや、あれはおいらを怖がらせようとしていた。もしかしたら笑わせようとしていたのかもしれない。どうしてくれるんだよ。おいら、怪しい人になっちまったじゃないか。そうでなくとも疑われているみたいなのに……」

「お天道様に恥じることをしていないのなら堂々としていればいい」

「そうだけどさ……でも、盗賊が入った夜の数日前に、おいらもその場所にいたんだよ。それも相州屋と芳松の両方だ。怪しいと思われても仕方がない立場なんだ」

「そうじゃな。儂が岡っ引きだったら、すぐさま番屋にしょっぴくよ」

「じいちゃん……」

あんまりだ。そもそも相州屋に行ったのはじいちゃんに頼まれたからなのだ。すべてはそこから始まっている。それなのに、そんな酷いことを言うなんて……この悪霊めが。

「まあ、そう睨むな。疑われるのが嫌だったら、早く盗人どもが捕まるように祈ることだ。あの岡っ引きが訊いていたが、芳松で気づいたことは本当にないのかい。よく思い出してみるんだ。大したことじゃないとお前が思っていても、実はそれが連中につながるきっかけになるかもしれないよ」

「そうは言ってもなぁ……」

ひと晩じゅう幽霊が現れるのを待っていただけだ。そして幽霊ではなく文七郎に驚かされた。

せいぜいその程度のことしか起こっていない。妙な足音も聞かなかったし、盗人らしき人も見なかった。そもそも、まともに顔を合わせたのが文七郎と芳松の店主の多兵衛くらいで、他は多兵衛のかみさん、芳松で働いている若い者、それから……。

「あっ」

「どうした？」

「おいらが芳松に行った時、ちょうど入れ替わるように出ていった人たちがいたんだ」

古道具屋ということだった。芳松にあるのは小梅からの借り物だと告げても、どういうわけかこちらに来るのだと多兵衛が言っていた覚えがある。これはかなり怪しい。

——それに……。

伊勢次は床の間の掛け軸へ目を向けた。

その古道具屋から「先生」と呼ばれている三十過ぎくらいの総髪の男がいた。もしかしたらあの人は、絵師なのではないか。

亀戸の寮で河内屋宗兵衛が、鞠谷雷冬の元に弟子のような若者が出入りしていた時期があったと言っていた気がする。もしあれがそうで、雷冬の掛け軸を目当てに盗みに入ったのだとしたら……。

「じいちゃん、おいらちょっと出かけてくる。暇だったらおいらの部屋の布団を片付けておいてよ」

「こら伊勢次、祖父にそんなことを頼むんじゃない。しかもお前、儂は幽霊なんだぞ」

後ろで左五平が文句を言っていたが、振り返ることなく伊勢次は客間を出た。そのまま裏口まで走って表へ出る。

芳松へ行って、古道具屋のことを訊ねるのだ。いや、それより藤助親分に話した方がいいかもしれない。芳松の多兵衛が古道具屋の場所を知っているとは限らないからだ。それにもしその古道具屋が盗人の仲間だったら、多兵衛に嘘をつくこともあり得る。

ますます疑われてしまうかもしれないが、藤助に相州屋で見た幽霊のことや、鞠谷雷冬という絵師のことを洗いざらい話してしまおう。その方がこちらも気が楽だ。それにあの岡っ引きは頭が切れそうだから、案外とうまく話が進むかもしれない。

二

「じじぃ、覚悟っ」

仏間に飛び込んだ文七郎は、十右衛門の背中に向けて渾身の一刀を振るった。

刹那、祖父の姿がふっ、と消えた。

これまでだったら斬った途端に十右衛門の体は白い塊となり、霧のように散っていくのが常だった。しかし今は違った。刃が触れる寸前に、蠟燭の火を強い息で吹き消した時のように、ぱっと消えたである。

——ぬっ。

気配が背後に移っている。文七郎は素早く振り向くと、己の額の辺りを隠すように、顔の前で刀を横にした。

思った通りだった。こちらに向かって飛んでくる煙管が目に入った。文七郎はそれを刀で弾き飛ばすと、そのまま前に走った。

正面に十右衛門がいる。今度こそは、と文七郎は勢いよく刀を振り上げた。

文七郎の目が、こちらに向かって飛んでくる物を捉えた。避ける間もなく、額に鋭い痛みが走る。

「痛えっ」

叫びながらも刀を振り、十右衛門の体を斬りつけた。しかし先ほどと同じように、刃が当たる寸前に祖父の体は消え失せた。

「くそっ、痛ててて」

勢い余って隣の部屋まで行ってしまった文七郎は、額をさすりながら仏間へと戻った。床を見ると、閉じた扇子が一本落ちていた。どうやら煙管の後にこれが飛んできたらしい。

――二段構えの攻撃か。幽霊の癖にやるじゃねぇか。

文七郎は扇子を拾い上げ、部屋の隅へ目をやった。十右衛門が座っており、煙管を使って煙草を吸っていた。

「じじぃ、老いてなお……いや、死んでなおも新たな攻め方を工夫してくるとは大したものだ。褒めてやるよ。だが、これでもう扇子はなくなった。もう貴様は終わりだ」

「ふっ、甘いな。どうして一本しかないと思うのだ」

十右衛門が懐に手を入れ、扇子を取り出した。

「もう一本あったのか」

「いや、まだある」

今度は左の袂に右手を突っ込み、扇子を三本ほど出した。続けて右の袂からも六本の扇子を取り出した。

「……扇子屋か、じじぃは」

「似たようなものだ。うちの内職だからな」

貧乏な御家人は家禄だけではとても食えないので、どこも何らかの内職をしている。例えば、拝領される組屋敷は百坪ほどで庭が広いので、そこで植木を作ったり、あるいは鈴虫や金魚などを育てて問屋に納めたりしている者がいる。また、手内職として傘張りや提灯張り、楊枝作りをしているところもある。武井家では、それが扇子作りというわけだ。

「こらじじぃ、内職の品を勝手に使って、もし壊れたらどうする気だ。その分、銭が入らなくなるじゃねぇか」

「うむ。だから丁寧に扱えよ。間違っても刀で叩き落としたりするな」

「ふざけるなっ」

文七郎は床を蹴った。一気に間合いを詰め、十右衛門の体を横から薙ぎ払う。

やはり、刃が届く寸前に祖父の体は、ぱっ、と消えた。

「ぬおぉぉぉ」

振り向くと、十本の扇子が文七郎の顔を目がけて飛んできた。先ほどの祖父の言葉が耳に残っていたせいで文七郎に迷いが生じた。貧乏の悲しさで、己の体を守ることより、扇子を壊さないようにすることを先に考えてしまったのだ。そのため避けるのが遅れ、四、五本が顔にぶち当たってしまった。

「ああ、ちくしょう。糞じじぃめ」

「己の祖父に向かってその口の利きよう……しかしそれは今に始まったことではないから目をつぶろう。それより……」

正面に仁王立ちしていた十右衛門は、文七郎が手にしている刀へと目を向けた。

「……悪霊除けの御札を貼りすぎだ。刀身が見えない上に、幾重にも御札が重なって分厚くなっているではないか」

「うむ。ここまでするのは大変だった。御札を傷つけないよう、研ぎ師に頼んで刃を引いてもらったりしてな」

幽霊に厳しく、人に優しい刀の出来上がりである。

「そうしたら鞘に入らなくなったので、鞘師に頼んで内側を削ってもらってもいる」

「貴様……先祖伝来の刀を……」

「じじぃを斬るためだ。分かっているぜ。どうやらこの刀、効き目があるようだな」

これまでは、十右衛門の幽霊を斬ることはできていた。ただ手ごたえはなく、斬った途端に霧のように散ってしまっていた。ところが今日は、刃が当たる前に一瞬で消え失せている。これは御札を増やした悪霊斬りの刀を恐れているからに違いない。

「ほう、少しは頭が働くようだな。だがどんな刀も、当たらなければ硬いだけの棒だ」

「次は当ててやるさ」

「そう願いたいな。あまり続けていると、壊れる扇子も出てくるだろうから」

十右衛門は袖口に手を突っ込み、また数本の扇子を取り出した。これでは扇子屋というより、見世物小屋の手妻遣いである。

「ちっ、糞っ垂れが」

文七郎は悪霊斬りの刀を鞘に収めた。今日のところはこれで終わりだ。母や兄、嫂が暮らしのためにちまちまと作っている内職の品を犠牲にすることなど自分にはとてもできない。これもすべて貧乏が悪いのだ。

いずれまた、今度は内職の品が家に置かれていない時に訪れてじじぃを斬ってやるさ、と考えながら、文七郎はどっかりと腰を下ろした。

十右衛門の体が白い塊となり、霧のように消えていった。しかし気配はまだ残っている。文七郎が目を動かすと、祖父の幽霊は部屋の隅に座って美味そうに煙草を吸っていた。

「じじぃ……どうしてまた飯を不味くした」

文七郎は訊ねた。ここしばらくは食い物の味が戻っていたが、今朝、泊まり込んでいる剣術の道場で朝飯を掻き込んだら、今まで食ったことのないような嫌な味がしたのである。それで大急ぎでここへ駈け込んだのだ。

「だいたい何なのだ、あの味は？」

「牛の糞の味よ」

「な……なんて恐ろしいことをしやがるんだ。食い物ですらないじゃないか」

十右衛門は食い物の味を変えるが、その力は匂いまでは及ばないのである。だから牛の糞とは分からなかった。

「……まかり間違って、俺が美味しくいただいちまったらどうする気だ」

「末代までの恥だな。笑い者にしてくれるわ」

「じじぃ……先祖の癖に……」

この悪霊め。いつか必ず斬り捨ててやる。そうしないと子孫に累が及ぶ。

「ふん。そもそも嘘をついた貴様が悪い。実は酒屋の幽霊退治をしくじっていたようだな」

「どうしてそれを知った」

「幽霊の足音が聞こえるという噂のある音羽の酒屋に盗人が入ったそうだ。その数日前に『化け物退治の先生』と名乗る武士が酒屋を訪れていたらしい。どうもその武士が怪しいと土地の岡っ引きは考えているようだ……という話を、うちに来た医者の散哲先生が話しているのを耳にしたのだ。貴様、幽霊退治が駄目だったばかりか、盗人の一味だと疑われているではないか。どうするつもりだ」

「ううむ」

さすがに盗賊に入られるなんてことは大事《おおごと》だから、相州屋の件は江戸の町に広まっているようだ。人の噂なんていい加減だから、伝わっていくうちに本当にこの俺が盗人の仲間にされてしまうことも考えられる。迷惑な話だ。

人の噂は七十五日などという言葉があるから、そのうちにそんな話も立ち消えになるかもしれない。しかし目の前に四十九日を過ぎても成仏していない幽霊もいることだし、そういう「何日で」みたいな言葉が信用できないのも事実だ。ここは自分で、妙な噂を消すために動くべきかもしれない。

「しかし……俺にはどうしようもないな。賊が入ったのは俺が泊まり込んだ数日後だ。俺がいる時には、連中は気配すらなかった」

「ふん、諦めるか。情けないやつめ」

「ああ?」

「けちな盗人連中に手も足もでないようなやつが、この儂を倒せるわけがないわ。どうやら貴様を買い被っていたようだ。大した器ではなかった」

十右衛門は墨が滲むように薄くなっていく。

「あっ、じじぃ、待ちやがれ」

文七郎は慌てて呼びかけたが、十右衛門はそのまま消え失せた。

「けっ、どうせ俺の刀から逃げただけだろうがっ」

誰もいない宙に向かって文七郎は吐き捨てた。それから、祖父の幽霊がいないのならここに用はない、と立ち上がり、仏間から出かかる。しかし仏壇に饅頭が供えてあるのを見つけ、ふと思い立って手に取った。

口に運んでみる。甘かった。ごく当たり前の饅頭だ。甘いものが苦手なので、これはこれで不味かった。しかし、明らかに尋常な味に戻っている。

――じじぃ、俺を見限ったってことか。

それならそれでいい。これからは呼び出されることもなくなり、安心して剣術の修業に励むことができる。

文七郎はひと口だけかじった饅頭を戻した。仏壇に背を向け、大股で歩いて仏間から出る。しかしそこで立ち止まり、苦々しい顔でまた仏壇を見た。

――このままでは少し癪だな……。

いや、あのじじぃに馬鹿にされるなんてかなり癪だ。こんな悔しいことは世の中にそうそうない。これでは腹が立って、落ち着いて修業などできるはずがない。

――だが、じじぃは去ってしまった。ならばこの怒りを誰にぶつければいいのか。

決まっている。相州屋に入った盗人たちだ。連中をぶちのめさなければ、この苛立ちは治まらない。

文七郎は、相州屋に泊まった時のことを思い返した。あの夜、夫婦者の幽霊こそ現れてくれたが、盗賊の気配など少しも感じなかった。それは自信がある。

その前後で、何か引っかかるようなことはなかったか……。

――同じ日に、古道具屋が来たと相州屋が言っていたな。

あの客間にある道具をすべて欲しがっていると店主の安兵衛は言っていた。今から考えると、その古道具屋は少し怪しいのではないか。

確か、本郷の辺りに店があると相州屋の安兵衛は言っていた。あの岡っ引きもなかなかの切れ者と思えるから、安兵衛から話を聞いて、すでにその店を訪れているかもしれない。無駄足になるかもしれないが、俺も行って調べてみよう、と文七郎は決意した。

三

伊勢次は本郷の古道具屋、亀田屋にいる。

岡っ引きの藤助も一緒だ。二人は店の上がり框に腰を掛けて、亀田屋の店主と話をしていた。辰蔵《たつぞう》という、貧相な顔つきの親父である。

そこにはもうひとり、亀田屋を手伝っているという総髪の男がいた。帳場にいる辰蔵の後ろに控え、俯いて座っている。

この男はまだひと言も発していない。伊勢次は男に訊きたいことがあるのだが、藤助と辰蔵の話が続いているので、なかなか口を挟めないでいた。

「辰蔵、お前が相州屋をよく訪れていたのはすでに分かっている。その件のことは、昨日話を聞いているからな。今日ここへ来たのは、北本所の芳松の件についてだ。伊勢屋の若旦那の話では、お前さんたちは芳松にも足繁く通っていたとか。そのどちらの店にも盗賊が入った。さすがにおかしくはないかい」

「昨日、相州屋さんの件でいらっしゃった時にも親分さんにお話ししましたが、私どもはその晩、富岡八幡宮のそばの料亭に泊まっていたのです。そのことは多分もう、お調べになっているると思いますが」

「うむ、調べた。その時に一緒にいたという商人の元へ行って話を聞いてきたよ。確かにお前さんたちは、相州屋に盗賊が入った晩はそこにいた。知りたいのは芳松に盗賊が入った時に何をしていたかだ。つまり、昨夜だな。いったいどこにいたんだ」

「うちにおりました。ただ、私は夜の九つ頃まで近くの飲み屋におりましてね。たらふく酒が入ったせいで帰りに道で寝ちまいまして、通りかかった人に助け起こされたんです。近くの自身番屋へ連れていかれましてね。番屋で休んでいる間に、誰かがうちに住み込んで働いているこいつを呼びに行きまして……」

辰蔵は後ろにいる男を指で示した。

「……こいつに肩を貸してもらって、うちまで帰ってきたというわけです。これは番屋にいた町役人に訊いてもらえばすぐに本当だと分かります」

「うむ……」

「それに、私どもは真っ当な商売をしておりますので、盗品の売り買いも決してしてはおりません。ぜひうちの店をお調べになってください。相州屋さんなどで盗まれた道具は間違ってもございませんので」

伊勢次は、店に置かれている古道具へと目を移した。薄汚れた鍋や釜、皿や茶碗、それから桶など、どうでもいい物ばかり並んでいる店である。掛け軸や壺などもあるにはあるが、どこかで拾ってきたような品物しかない。目に入る限りでは、相州屋や芳松にあった道具は見当たらなかった。

「そこまで言うのなら多分ないのだろうな。もちろん後で調べさせてもらうが……」

藤助が伊勢次の方を見た。他に訊くことはないかと言っているようだったので、ようやく伊勢次は口を開くことができた。

「ええと、後ろの方にお伺いしますが……」

総髪の男に目を向けながら訊ねる。

「……鞠谷雷冬という絵師をご存じですか」

俯いていた男が目を丸くして顔を上げた。やはり知っているみたいだ。

「鞠谷雷冬なら……」

男が何か言う前に、辰蔵が喋り始めた。

「……こういう商売をしておりますので、もちろん知っております。相州屋さんで盗まれた掛け軸の絵を描いた人です。それから、芳松さんにあった梅と鶯の絵もそうです。しかし、私は長く古道具屋をやっているので知っていますが……」

辰蔵は後ろを振り返った。男に強い口調で問いかける。

「お前は、知らないよな」

「は、はい」

男は小さな声で返事をし、それからまた俯いた。

辰蔵は伊勢次の方へ向き直り、再び話し始めた。

「この男は、ここを手伝うようになってからまだ間がありませんので、ご勘弁ください。それに雷冬はあまり名の知られていない絵師ですし、数も出回っていないので、滅多に絵を見ることはないのでございます。ところが、雷冬作の絵を相州屋さんと芳松さん、二つの店で見つけたものですから、私は驚きました。ぜひ売ってほしいと思いまして、それで足繁く通ったわけです。ところが相州屋さんのは盗まれてしまった。残念なことでございます」

辰蔵は首を振りながら肩を竦めた。伊勢次には、その仕草がどことなく大袈裟なものに思えた。辰蔵も、後ろの男も怪しい。それに芳松で二人を見た時、辰蔵は男を「先生」と呼んでいた。それが今は「お前」だ。間違いなく何か隠している。藤助に知られたくないことがあるに違いない。

「あの……後ろの方が、その鞠谷雷冬のお弟子さんということは……」

男の顔が強張ったが、やはり何も言わなかった。その代わりにまた辰蔵が口を開いた。

「何をおっしゃいますやら。この男はただの古道具屋の見習いですよ。北国の百姓の倅でしてね。訛りがあるから無口なんです」

「はあ……」

やはり怪しいと思う。しかし伊勢次のような者がいくら訊いても、辰蔵は誤魔化し続けるだろう。

さて、どう攻めるべきかな、と思案していると、辰蔵が店の外を見て、驚いたように目を見開いた。何が起こったのかと伊勢次が振り返ると、もの凄い勢いで文七郎が店に入ってきたところだった。

「あっ、武井様……」

「おい、こら親父、てめえ何か隠しているな」

文七郎は伊勢次に目もくれず、まっすぐに辰蔵の元へ近寄ると、その着物の衿を摑んだ。

「おら、正直に言え。俺は今そこで伊勢次とてめえが話すのを聞いていたんだ。伊勢次は後ろの男に訊ねているんだよ。それなのにてめえばかり喋りやがって。何か誤魔化そうとしてるな。それは何だ。ほら言え。なぜ黙っていやがる」

文七郎は辰蔵の衿を両手で絞っている。つまり、首を絞めつけているのだ。これでは喋れるわけがない。

伊勢次は横目で藤助を見た。にやにやしながら二人を眺めている。多分この悶っ引きも辰蔵が隠し事をしていると気づいていたはずだ。そして、どうやって口を割らせるか考えていたに違いない。そこへ文七郎が現れたというわけだ。きっと藤助は、辰蔵が死ぬ寸前まで放っておくつもりだろう。

それならおいらも黙って眺めていればいいや、と伊勢次も呑気に構えていると、驚いたことに総髪の男が文七郎を見て声を上げた。

「あっ、あなた様は、危ないところを助けてくださったお侍様では」

「ああ？」

文七郎が男の方へ顔を向けた。

「間違いない。一昨日の昼間、私が盗賊たちに連れていかれそうになった時に、颯爽と現れて連中を追い払い、名も告げずに去っていったお侍様だ」

「はあ？」

思わず伊勢次は声を漏らしてしまった。文七郎がそんな格好の良いことをするなんて、と驚いたからだった。常に金に困り、腹も空かせている男なのだ。そんなことがあったら礼金をせしめるとか、食い物を奢ってもらうとかするはずだ。一体どういう風の吹き回しなのか。

「ああ、あの時の男か」

「改めてきちんとお礼をしなければとずっと思っていたのです」

「気にするなと言ったはずだ」

「いえ、そうおっしゃらずに。何か私にできることがあれば……」

押し問答が始まった。これは長く続くぞ、と思いながら伊勢次は、すっかり忘れ去られている辰蔵を見た。顔が赤黒くなっている。もうすぐ息が詰まって気を失うか、あるいは死ぬかだな……と思いながら眺めていると、さすがに藤助が止めに入った。

「武井様、もう少し力を緩めた方が良さそうです。ああ、離さなくて結構です。声が出ない程度に絞めていてください。さて、後ろの方……」

藤助は総髪の男に目を向けた。

「……今、『盗賊たちに連れていかれそうになった』と言いましたね。その言葉から考えると、連中の仲間というわけではなさそうです。襲われて金を奪われるのではなく、なぜ連れていかれねばならないのか。そのあたりを聞かせてはもらえませんかね」

「あ、いや……」

男は口ごもり、困ったように目をおどおどと動かした。

「そ、それは、連中に訊かなければ、私には何とも……」

「ふうむ」

藤助は周りをきょろきょろと見回すと、帳場の隅の方にあった煙草盆の方へ動いた。懐から煙管を取り出して煙草を詰め、火入れから火を移して吸い始める。そうして目を宙に漂わせながら、誰に言うでもなく喋り始めた。

「伊勢屋の若旦那は、この総髪の男を鞠谷雷冬の弟子だと考えている。仮にそうだとしよう。

それから、若旦那と武井様は相州屋で幽霊を見たらしい。そんなものがこの世にいるのかは分からないが、とりあえず信じるとする。お二人は鞠谷雷冬の描いた掛け軸に幽霊が憑いていると考えているが、これも本当だとしよう。さて、そうなると不思議なのは、相州屋では幽霊に遭ったが、芳松では遭わなかったということだ。どちらにも雷冬の絵があったし、足音もしていた。この二つの店の違いは何なのか。亀田屋の二人はどちらへも顔を出していたようだが、より多く通っていたのは芳松の方だ。相州屋の客間は帳場のすぐ隣にあるし、通したお客様を長く放っておくことはしないだろう。しかし芳松は親父とおかみさん、そして若い者の三人でやっている料理屋だ。二階の座敷へ上がると、たまに酒や料理を運んでくるだけで、あまり顔を出すことはない。これらのことを考えると……」

藤助は煙管の雁首を灰吹きに叩きつけると、まだ文七郎に首を絞められてもがいている辰蔵と、その後ろにいる総髪の男の方へ顔を向けた。

「……お前さんたち、芳松の掛け軸を入れ替えなさったね」

総髪の男の方が、大きく、はあぁ、と息を吐き出した。辰蔵の方も、うげっ、と声を出したが、こちらはただ苦しいだけと思われた。多分こいつは話を聞いていない。

藤助はどうやら辰蔵の方はどうでもいいと考えたようで、総髪の男だけをまっすぐ見据えて話の続きを始めた。

「芳松にあった掛け軸……今は伊勢屋にあるが、あれは入れ替えられた偽物だろう。お前さんが描いた絵だ。偽物だから幽霊は出ないというわけだな。それでは、本物は今どこにあるのか。一昨日の晩、お前さんと辰蔵は富岡八幡宮のそばの料亭に行った。こんな薄汚い古道具屋の者がふらりと行くような店ではないから、商談で行って、店の支払いは相手の商人が持ったということだろう。つまり掛け軸は、日野屋菊左衛門が持っているということだ」

「うげっ」

亀田屋にまた妙な声が響いた。しかし今度は辰蔵ではなく、伊勢次の漏らした声だった。

「おや、伊勢屋の若旦那。日野屋をご存じで？」

藤助が目を伊勢次へと向けた。

「は、はあ。死んだ祖父の知り合いです。骨董を集めるのが好きだったのですが、日野屋さんもそうでして。ああ、相州屋の安兵衛さんもです」

「ふむ。確か菊左衛門も、相州屋の客間にある道具類も欲しがっていたと安兵衛さんは言っていたな。やはり掛け軸を狙っていたのか。芳松の次は相州屋の絵を入れ替えることになっていたのかもしれないな」

藤助は総髪の男を見つめ、黙り込んだ。男が何か喋るのではないかと考えたのだろう。しかし男は俯いてじっとしている。おどおどした様子は少し消えているので、今さら抗う気持ちはないと思われた。ただ、自分の口からどう話していいか悩んでいるようだ。

しばらくの間、無言の時が続いた。藤助は男が話し始めるのを根気よく待っている。伊勢次も、男の考えがまとまるのを待つ方が良いと思い、口を開かずに眺めていた。

しかし、文七郎が痺れを切らした。摑んでいた辰蔵を横に放り投げ、男へと詰め寄る。

「てめえ、いつまで黙っているつもりだ。日が暮れちまうじゃねぇか。白を切れば誤魔化せると思っているのかどうか知らねぇが、その時は日野屋とかいう男を追い詰めればいいだけの話だぜ。それならこんな往生際の悪いことをしてねェで、洗いざらい喋っちまったらどうなんだ。ぐずぐずしてると叩っ斬るぞ」

言うと同時に文七郎は腰の刀を抜いた。何やら難しい字が書かれている御札がぺたぺたと貼ってある。伊勢次が前に見た時よりも数が多い。もはや刀身すら見えないほどだ。

さすがの藤助も「何ですか、それ」と呆れたように口をぽかんと開いている。しかし男の方はそんな刀でも恐怖を感じたらしく、「申しわけありません」と叫んで床に両手を突いた。

「親分さんのおっしゃったことはすべて当たっています。今さら誤魔化したり、逆らったりするつもりは毛頭ございません。私の知っていることは何でもお話ししようと思っています。しかし、口下手なもので何をどう喋っていいか分からないのです。そちらから訊いていただけるとお答えできると思うのです」

「うむ。そうか」

文七郎が刀を男の方へ突き出した。

「ではまず、てめえの名を聞こうか」

「はい吾作《ごさく》と申します」

「ご、吾作だと……てめえは鞠谷雷冬の弟子だろうが。もっとこう、格好つけた名があるんじゃないのか」

「これといった絵を描く前に師匠が亡くなってしまったので、画号のようなものはいただいていないのです」

「だからってお前、吾作って……すまんが俺は女と子供、それに吾作どんを斬る刀は持ってねえよ」

文七郎は吾作へと向けていた刀をすっと外し、静かに鞘へと納めた。あくまでも脅すだけで、初めから斬るつもりなどなかったのだろう、と伊勢次は思った。

「俺がどうこうするのは勘弁してやるが、約束だからしっかり喋ってもらうぞ。まあ、勝手に掛け軸をすり替えたのは悪いことだが、それは日野屋に頼まれたことだろうしな。罪を認めてしおらしくしていれば、きっと酷いことにはならんだろう。悪いのは日野屋だ。なぁ、藤助」

「ああ、それなんですが……」

藤助は少し顔をしかめ、喋りにくそうに口を開いた。

「……実は、日野屋には手が出せないと言いますか……その、私などよりもはるかに上……手札をいただいている同心の旦那や町方与力などよりさらに上の方と……つながりがある商人でございまして……」

「あ、あれか。菓子箱の底に金を忍ばせて、『何卒よしなに』とか言うやつか。やっぱりあるんだな、そういうの。まったく羨ましいぜ」

「さて、果たして本当にそんなことをするのかは知りませんが、似たようなものだとお考えになっていただいて結構です。とにかく私のような者ではとても日野屋には手が出せない。もちろん相当な悪さを働いたのなら上の方々も動きますが、そのあたりは日野屋も心得ているでしょう。かなり慎重な男だと感じます。だから今回の件も、日野屋ははっきりと口に出して絵の入れ替えを頼んだわけではありますまい。何となくそうするように匂わせただけだと思います。どうなんだい？」

最後のは吾作に向けられた言葉だ。ちなみに辰蔵の方は文七郎に放り投げられた際に壁に頭をぶつけ、今はうずくまっている。

「はい。親分さんのおっしゃる通りです」

「それから盗賊……連中の狙いも掛け軸を盗んで日野屋に売ることだろうな」

「そのようです。日野屋さんは雷冬先生の掛け軸が手に入るなら金に糸目を付けない、というくらい欲しがっていらっしゃいますので。一昨日、私が盗賊たちに連れていかれそうになったのは、雷冬先生の掛け軸がどれであるのかを確かめるためなのです。小梅にあるのは分かっておりましたので。客間に出してあればそれを盗む、なければ蔵を破る、と連中は考えていたようです。幸い、私はそちらのお侍様に助けられましたが」

「ああ、なるほど。俺が小梅で聞いた足音は、そいつらだったのか」

文七郎が、納得したというように頷いた。一方で伊勢次は、その言葉にぞくりとした。文七郎が外にいる間は、裏口の戸は開けっ放しになっていたのだ。もし文七郎が庭の方に回っている間に蔵の近くにいた仲間が小梅に入ってきていたら、自分は襲われていたかもしれない。

「連中は俺がいたので驚いて逃げ出し、その晩は相州屋の方に入ることに変えた、ということか。確か明け方だったよな、相州屋に賊が入ったのは」

藤助が頷く。

「相州屋の近くの豆腐屋がもう起きていましてね。走り去っていく足音を聞いています」

「なあ、藤助。日野屋はともかく、盗賊の方は捕まえないと駄目なんじゃないのかい」

「もちろんです。日野屋に私の手下を見張りに就けましょう。連中が芳松で盗んだ橋を渡る男の絵は雷冬の作ではないようですが、相州屋の方の掛け軸を売りに来るかもしれません。こちらは雷冬の絵ですからね。ただ、日野屋と同様、盗賊もかなり慎重だと思うのです。恐らく直に取引をせず、この亀田屋のような古道具屋を通すなど、間に人を入れるでしょう。そうなると、ひとりかふたりは捕まえられるかもしれないが、大半の連中には逃げられてしまう。それから、吾作さんを見張るという手もある。雷冬の絵のありかを聞くために、待っていればいずれまた吾作さんに近づいてくるかもしれませんから。しかし、多分それも……」

「うむ。吾作を襲っていたのは三人だけだった。俺の顔を見てさっさと逃げ出したが、あれは下っ端なんだろうな」

「結局、吾作さんを見張っていても捕まえられるのは、そういう下っ端の数人だけなのです。できれば連中を一網打尽にしたいのですが……」

「ふうん、そうなると……」

文七郎が意地の悪そうな目付きで伊勢次を見た。何か無茶なことを言い出しそうなので、伊勢次は身構えた。

「……今、鞠谷雷冬の絵が伊勢屋にあるんだよな。片方は吾作が描いた偽物だが、小梅から借りてきた方は本物だ。もし連中の下っ端が日野屋なり吾作なりに近づいてきたら、そこで捕まえたりせず、そのことを教えればいいんじゃないか」

「た、武井様、何てことを……」

つまり、伊勢屋に連中をおびき出そうという作戦だ。そんなのは御免である。

「なるほど、それはいい考えですね」

藤助が笑みを浮かべながら膝を打った。

「お、親分さんまでそんな……」

「ただ、果たしてそれで相手が騙されてくれるかどうか。あの晩、連中は小梅に盗みに入るのをしくじっている。武井様がいらっしゃったからですが、もしかしたらそのことで小梅にあった掛け軸を狙うのはやめるかもしれない。武井様から小梅の店主へ足音のことが当然伝わりますからね。それなのに小梅の店主は、掛け軸をまったく関わりのない薬種屋に貸した。これは怪しい……と、なりはしないかと」

「それは考えすぎじゃないのかい」

「私もそう思います。しかし、事は慎重に運びたいのです。できれば別の掛け軸がいいのですが……」

藤助は吾作の顔を見た。雷冬の掛け軸が他にあるか訊ねたのだが、吾作は首を振った。

「私も師匠の絵は懸命に探したのですが、あると分かったのは小梅と相州屋だけなのです」

「それなら仕方ありません。やはり伊勢屋で待ち伏せるということで……」

藤助が伊勢次の顔を見た。文七郎も大きく頷いている。

「そ、そんな……あっ、ちょっと待ってください。雷冬の絵ならまだあるじゃないですか。ほら、武井様もご存じの……」

「知らん」

「どうして忘れることができるんですか。ご自身で幽霊退治をした場所なのに。親分さん、ございます。他にも雷冬の掛け軸が」

「本当ですかい？」

藤助は疑っている。伊勢屋に盗賊をおびき寄せるのが嫌で、伊勢次が嘘をついていると思っているようだ。

「本当です。信じてください。私はこの目で、雷冬の号が入った掛け軸を見たのです。間違いありません。この目で、確と見たのです」

伊勢次は必死の形相で、藤助の膝へ縋りついた。

四

鉄砲町にある菓子屋、筑波屋の二階で、盗賊が掛け軸を狙って襲ってくるのを文七郎は待っていた。悪戯小僧とその母親の幽霊が出た、あの店である。

盗賊は二度と吾作には近づいてこなかった。日野屋菊左衛門の元へもまだ姿を現してはいない。しかし、念のために試していた別の策によって、ここに雷冬の絵があることを連中に知らせることができたのだった。

筑波屋の店主の甚五郎に頼み込んで、蔵の中の箱に封じてあった雷冬の掛け軸を昼間の間だけ出して店に飾ったのだ。紅葉と鹿という季節外れの絵なので菓子を買いに来た客の目に留まる。そうやって、筑波屋は変わった掛け軸を飾っているという話を町に流したのである。

この策が成功するとは思えなかったが、ある時、人相の悪い男が菓子を買いに来たという知らせが文七郎へ伝えられた。そこで吾作とともに筑波屋の奥に隠れて店を訪れる客を見張っていると、数日後に見覚えのある男たちがやってきたのである。あの、吾作を小梅に連れていこうとしていた三人の男たちだった。

その日以降、文七郎は夜になると筑波屋の二階に陣取り、障子戸の隙間から庭を覗いている。

「……武井様がお待ちになるのは結構なのですが、どうして私まで付き合わされないといけないのですか」

同じ部屋にいる伊勢次が文句を言った。盗賊がなかなか襲ってこないので、この男もここ数日ずっと筑波屋に泊まり込みである。

「私を見るうちの者たちの目の冷たいことと言ったら……あれは間違いなく私のことを盗賊の一味だと思ってますよ。この間、昼間にちょっと帰ってみたら、うちの番頭がお父つぁんに、私を勘当した方がいいんじゃないかと真顔で言っていました」

「だからここじゃなくて、連中を伊勢屋におびき出せばよかったんだ。そうすれば、少なくとも盗賊の一味ではないと分かってくれただろうに」

ただし、それはそれで迷惑がかかるから、碌でもない若旦那だと言われることに変わりはないだろう。うまく筑波屋に連中が現れそうなので、結果としてこれで良かったのだ。

「ここだろうが伊勢屋だろうが、お前は必要なんだ。俺ひとりだと寝ちまうからな」

盗賊が来るのを見張っているのだから、部屋に明かりは点けられない。真っ暗な中で、しかもちびちびと酒を飲みながら待っているので、油断すると眠気が襲ってくるのである。

「寝たところで、起こしてくれる人はたくさんいますよ」

「まあな」

隣の部屋には筑波屋の店主の甚五郎や奉公人の定八がいるし、藤助も一階で自分の手下とともに盗賊を待ち構えている。確かに誰かしらは文七郎を起こすだろう。

さらに言うと、この日本橋界隈を縄張りにしている岡っ引きやその手下たちも筑波屋の隣や向かいの店で見張っていた。裏の長屋に潜んでいる者もいる。静かではあるが、実はかなりの数の人間が狭い中にひしめき合っているのだ。

「この部屋にだってもうひとりいるのですから、私はいらないでしょうに」

吾作である。この男は文七郎に助けてもらった礼とでも考えているのか、毎晩顔を出して誰よりも熱心に庭を見張っていた。

「そういうわけで、私は今夜を最後に勘弁していただきます。本当に勘当されかねませんので、店の仕事をしなければならない」

「そういうのは番頭や手代に任せておけばいい。だいたいお前は、盗賊の見張りから離れたとしても、すぐには店の仕事には戻れまい。他にまだすることがあるからな」

「は？　特にありませんが」

「どうして忘れることができるのだ。雷冬のことだよ。亀戸の件だ」

亀戸にある寮の離れに出るという鞠谷雷冬の幽霊をどうにかする、という話が残っている。そもそも小梅に泊まったのだって、雷冬について何か分かるかもしれないと考えたからなのだ。もし駄目なら絵に描かれた川の場所を探しに行く、ということまで言っていた。それなのに伊勢次は、この筑波屋に泊まり込むようになってからは、そんなことはおくびにも出していない。

「ああ、いや、もちろん覚えていますよ。ただ、盗賊の見張りをするなんて人生でそうはない出来事ですので、そっちに気を取られて少しばかり失念していただけでして」

結局、忘れていたようだ。

「そうそう、実はそれについて、吾作さんに訊ねようとずっと思っていたのです。なかなか切り出す隙が見つけられなくて……」

「何でしょうか」

「私は亀戸の寮の離れで鞠谷雷冬の幽霊を見ました。しゃれこうべが雷冬の前に並べられておりましてね、それを見ながら絵を描いていたのです。あのしゃれこうべは何なのかを聞かせていただけませんか」

「師匠は、分からないように絵の中に髑髏を描く人でした。もしかしたらお気づきになっているかもしれませんが」

小梅にあった川と月の絵に髑髏が隠されていたのは分かった。しかし芳松に飾ってあった梅と鶯の絵はいくら探しても見つからなかった。

この筑波屋にある鹿と紅葉の絵では、ここで盗賊を見張るようになってから詳しく調べてみた結果、髑髏が見つかっていた。地面に敷き詰められた落ち葉の下から覗いていたのだ。赤や黄に色づいた葉ではなく、茶色になった地味な葉の下に似たような色で分かりにくく描かれていた。もの凄く小さくもあったので、言われないと誰も気づかないくらいのものだった。

「髑髏がある絵と、ない絵に分かれているな。それに幽霊が憑いているものと、そうではないものがある。この違いは何なのだ」

文七郎が訊ねてみると、吾作は「すべてに髑髏は描かれています」と答えた。

「芳松にあった梅と鶯の掛け軸に髑髏が見つからないのは、私が描いた偽物とすり替わっているからです。元々の師匠の絵では、梅の木の根元の辺りに髑髏が転がっているのです。しかし根も茶色、周りの地面も茶色、髑髏も土で薄汚れていますので、まず気づきません」

「偽物には、どうして描かなかったのだ」

「師匠は、絵に描くために本物の髑髏を探しながら諸国を巡っていました。もちろん自らの手で人を殺すわけではありません。斬首された罪人のものだったり、行き倒れた旅人の野ざらしになったしゃれこうべだったりします。そういう者たちを絵に描き込んだのです。私は師匠の絵は素晴らしいと思っておりましたが、髑髏を描くことには首を傾げていました。そのため、偽の絵には描かなかったのです。元の絵だってよく見ないと分からないくらいですから、髑髏がなくてもほとんど違いはありません」

「ふむ」

文七郎は、相州屋で見た夫婦者の幽霊を思い出した。髪を振り乱した女と、道中差で襲ってきた男だ。あれもまた、旅の途中で死んだ者たちなのだろう。

「実は、ここだけの話ですが……師匠は手頃な髑髏が見つからない時は、墓を暴くこともしていたのです。この筑波屋さんにある掛け軸に描かれているのはそれです。母子のものでしたが、師匠はその髑髏を山へ持っていき、地面に置いて枯葉をかけ、それを見ながら描いたのです。その後、骨は私が墓へ埋め戻しました。そんなことが重なり、私は師匠についていくことが嫌になって弟子をやめたのです」

「当然だと思うぞ」

「しかし、どうしても師匠の描いた絵のことは気になっておりました。それで、絵を探し出してはすり替えるということをし始めたのです。そうやって本物を手に入れては、知り合いの寺で燃やしてもらっていました。しかし今回は絵を見つけるために古道具屋の亀田屋さんの手を借り、それを日野屋さんへと売ってしまいました。心苦しかったのですが、私も少々お金に困っていたもので……」

「うん、それは仕方ないな」

文七郎には貧乏者の辛さがよく分かる。責めることはできない。

「それから、幽霊が憑いているものと、そうではないものの違いですが……これは本物の髑髏を見ながら描いたかどうかでしょう。絵にも違いがあります。小梅にあった川と月の絵ですが、木の枝と月で騙し絵のように髑髏を表しています。少し離れて見ないと分からないよう大きく描かれていますが、あれは本物の髑髏を見たわけではありません。一方、芳松やこの筑波屋さんにある絵は本物を見ながら描いたものです。幽霊が憑いているのは、これらの、小さく描かれている方です」

「盗まれた相州屋の絵もそうか」

鶴と松が描かれためでたい絵だった。夫婦者の幽霊が出てきたのだから、本物の髑髏がどこかに転がっているのだろう。

「松の木の陰にあります。隅の方なので気づかれません。奥にいる鶴が目立つので、人の目はたいていそちらへ向けられます。師匠はそういう描き方をしていました」

「ふうん。面倒臭い絵師だな。堂々と真ん中に大きく描きゃいいのに」

「それだと、ただの髑髏絵になってしまいます。分からないように描くのが粋、というか面白みなのでしょう」

「粋ねぇ……。そう言えば、伊勢次は相州屋の親父に粋なあだ名を付けられていたな。ええと、確か……、『粋な煎餅布団』だったか」

「違います。『粋な野暮天野郎』です。いい加減、覚えてください」

伊勢次はそう言った後、慌てたように首を振った。

「ああ、やっぱり覚えなくて結構です。むしろ忘れてください」

「うむ……そう言われるとかえって頭に残るんだよ。残念ながら覚えちまった。ええと、『ふかふかの野暮天野郎』だよな」

「……もうそれで結構です」

諦めたように伊勢次が呟いた。

「こいつはね、店の奉公人や近所の人からは『三文安の若旦那』って呼ばれているんだよ」

文七郎は、再び吾作へ話しかけた。

「じいさんに甘やかされて育ったからな。もう店の者からは諦められているんだよ。だから、こいつが帰りたいだの何だのと唸っても放っておいていいぞ。ええとそれで、何の話をしていたっけか……ああ、そうだ。雷冬のことだった。髑髏をこっそり描くのが粋ねぇ……。俺には分からんな」

「私にも、とてもその気持ちは分かりませんが……しかし師匠のみならず、それが良いという人も世の中にはいらっしゃるようで」

「日野屋菊左衛門とかいうやつか」

欲しい物だったら金に糸目を付けず手に入れる男らしいが、文七郎はそういう人間が大嫌いである。ぜひ一度、貧乏というものの辛さを味わわせてやりたいと心から思った。

「……日野屋は掛け軸に幽霊が憑いていることを知っているのかな。そいつ、芳松にあった絵の本物を手に入れたわけだろう。知らなかったら面白いのだが」

「いえ、日野屋さんはすべてを承知で手に入れたみたいです。これは私も噂として、亀田屋の辰蔵さんから聞いただけの話でございますが……日野屋さんは幽霊が憑いているとされる古道具や、人を斬り殺したことのある刀、志半ばで亡くなった若者の遺髪など、曰くのありそうな物を好んで集めているらしいのです」

「なんだそりゃ」

かなりの変わり者のようだ。

「私はそんな物、見たことがありませんが」

横から伊勢次が口を挟んだ。菊左衛門は亡き祖父の骨董仲間だから、何度か日野屋へ連れていかれたことがあるらしい。

「値の張りそうな立派な物ばかり並んでいました。曰くありげな、不気味な道具はなかったように思います。あれば、私は怖がりですから間違いなく気づくはずだ」

「そういう物は大事に蔵へ収めているらしいのです。戸を開けると鳥居があり、曰くのある道具はその奥の祭壇に置かれていると聞きました。本来なら悪いことをもたらす道具ばかりですが、それを丁重に祀ることによって、反対に運をもたらす物へと変えているらしいのです。もっとも、それも噂として辰蔵さんから聞いただけですが」

「そんなことがあり得るんですかねぇ……」

伊勢次が不思議がっている。信じてはいないようだ。しかし文七郎は少し興味を持った。実際に日野屋は商売がうまくいっているではないか。これは、あながちないとは言い切れない話だと思った。

「ま、きちんと祀っているのなら寺へ持っていくのと似たようなものだ。吾作は相州屋ですり替えた雷冬の絵を日野屋に売ったことで、少し後悔の念を抱いているようだが、それを気に病むことはない」

「武井様にそうおっしゃっていただけると、私の気も休まります……私が知る限りでは、師匠は十一幅の掛け軸の絵を描きました。本当は月ごとの十二幅の絵にしたかったのでしょうが、最後の絵を描きに行った先で亡くなってしまったのです。私はずっと師匠の絵を探し続けましたが、この筑波屋さんにある掛け軸でようやく十一幅目になります。きちんと箱に仕舞われ、御札で封じられているようですから、寺へ持っていかずとも良いでしょう。ですから、この盗賊騒ぎが終われば、私も落ち着けると思います」

「その先はどうするのだ」

亀田屋の辰蔵は吾作のことを「北国の百姓の倅」と文七郎たちに告げたが、当人によるとそれは本当のことだった。絵師になりたくて江戸に出たが、伝手がないので名のある者の元へは行けず、鞠谷雷冬などという誰も知らないような男の弟子になったのだという。

「それはまだ考えておりません。今さら故郷に帰るわけにも参りませんので、しばらくはこのまま亀田屋でお世話になるということになると思います」

「ああ、それならちょっとお頼みしたいことがあるのですが……」

伊勢次が口を開いた。それが何であるか気にはなったが、文七郎は手を伊勢次の顔の前へ出して喋るのをやめさせた。表で何かが動く気配がしたからだった。

息を潜めて窺っていると、黒い影が隣の家との境にある板塀を乗り越えてきた。ひとり、またひとりと続けて筑波屋の庭に入ってくる。

──やっと来たか。

文七郎はすぐにでも出ていって連中をぶちのめしてやりたかったが、そうするわけにはいかなかった。隣や向かいの家に潜んでいる土地の親分やその手下が、筑波屋の周りを取り囲むまで待たなくてはならない。じりじりしながら盗人の動きを見守った。

板塀を越えて入ってきた影は三人だったが、そのうちのひとりが裏の方へ行くのが見えた。木戸から裏長屋へ出るつもりのようだ。多分、内側から閂を外して、裏長屋の木戸口から仲間を迎え入れるためだろう。

少しすると、思った通りそのひとりに五人が加わって庭に戻ってきた。

八人の影は蔵の前に集まった。錠前を触っている者がいる。こじ開けるつもりだろう。

──まんまと引っかかってくれたな。

連中がまっすぐに蔵へと向かったのは、掛け軸は昼間だけ店に出して夜は蔵の方に仕舞っているのだ、と奉公人の定八が店に来た人相の悪い男に、聞かれてもいないのに告げていたからだった。すべてこちらの思惑通りに進んでいる。

――よし、そろそろ行くとするか。

文七郎は窓の前を静かに離れ、足音を忍ばせて梯子段へと向かった。連中が蔵に入ったら一階に潜んでいる藤助たちが庭へ飛び出すことになっている。その時に一緒にいないと、下手をしたら自分の出番がなくなってしまう。このところずっとむしゃくしゃした気分が続いているのだ。ここで晴らしておかないと、次の機会がいつ訪れるか分からない。

――ふっ、この俺の悪霊斬りの刀で連中を葬ってやるさ。

幽霊に厳しく人に優しい刀である。斬り殺すまでは無理だろう。だが、鉄の棒で殴られるようなものだから、骨の一本や二本は折れる違いない。

――痛いだろうなぁ。

満面に笑みを浮かべながら、文七郎はゆっくりと梯子段を下りた。

五

「私が思うに、鞠谷雷冬は十二幅の掛け軸を仕上げる前に死んでしまったことを悔やみ、幽霊となってこの世をさまよっているのです。この未練をなくしさえすれば、二度と姿を現さないに違いありません」

亀戸にある河内屋の寮の離れの前で、伊勢次は高らかにそう告げた。

伊勢次の話を聞いているのは、寮の今の持ち主である河内屋宗兵衛、ここを買おうか迷っている高崎屋茂左衛門、雷冬の弟子の吾作、そして武井文七郎である。

「そこで、吾作さんにこの離れに籠もって、絵を描いてもらおうと思います。夜は雷冬の幽霊が出てくるかもしれませんが、吾作さんは、それでも構わないとおっしゃいますので……」

伊勢次は喋りながら吾作へと目を向けた。まさか今さら気が変わったなんてことは言わないだろうな、と少し心配になったが、吾作は大きく頷いていた。

「……私が見た雷冬の幽霊は、どこかの庭に咲く花を描いていました。吾作さんの話では、雷冬が描き残していたのは夏の絵だったとか。言われてみれば、牡丹の花だったように思います。ですから、吾作さんにここで牡丹の絵の掛け軸を作り上げていただきましょう」

「それは構わないのだけどね……」

宗兵衛が首を傾げながら言葉を挟んだ。

「……伊勢次さんは、雷冬の前に並んでいる髑髏を見ていましたね。雷冬の幽霊が満足して成仏するような絵を描くには、同じようにしなければならないのではありませんか」

「そうかもしれません。しかし、さすがに本物の髑髏を用意するわけには……」

「うちのじじぃの墓を掘り起こしてくれても結構だが」

「いや、武井様、それは……。しかし河内屋さんの話にも一理ある。それでは私が手を尽くして、あちこちから髑髏の置物とか絵とかを探して参ります。祖父の知り合いの古道具屋とか骨董仲間の元を回れば、それなりの物が集められるに違いありません。いざとなれば日野屋さんに借りてもいいわけですからね。そういう物で離れを埋め尽くし、そこで吾作さんに絵を仕上げてもらいましょう。それでも雷冬が成仏しないようなら、その時に別の手を考えるということで……」

文七郎に離れに泊まってもらい雷冬の幽霊を斬る、というのが伊勢次の思い付いていた「別の手」だが、今は他にも「茂左衛門には別の寮を探してもらい、ここは日野屋に売り付ける」というのと「いっそのこと離れを日野屋の蔵の中に移築してしまう」の二つの案が出ている。これを言い出したのは文七郎である。伊勢次は日野屋が曰くのある道具を祀ることで運をもたらすものに変える、という話を胡散臭いと思っているが、文七郎は興味を感じているようだ。

「……高崎屋のご隠居様と河内屋さんには、寮の売り買いの件はもうしばらく待っていただくということで、よろしくお願いいたします。それではお酒をご用意いたしましたので、寮へと移りましょう」

伊勢次は手を大きく伸ばし、四人を促した。


「おい、伊勢次。酒があるのは嬉しいが、どうして肴が羊羹なんだ」

震え上がるほどおっかない形相で、文七郎が文句を言った。

宗兵衛と茂左衛門は隣の部屋で将棋を指し始めているので、伊勢次の近くにいるのは文七郎と吾作だけだ。幸い吾作は甘いものが好きと見えて、珍しく顔に笑みを浮かべながら羊羹を口に運んでいる。

「ここへ来る前に筑波屋さんへ寄ったら、持っていってくれと言われたものですから。ぜひ武井様にもお食べいただきたいと言っていましたよ」

筑波屋で大きな捕物があったことが江戸の町の噂になり、訪れる客が増えたのだという。
酒の方は、昨日のうちに相州屋から届けられたものだ。店主の安兵衛はどういうわけか、
「もし幽霊の憑いた掛け軸を手放していたら足音が消え、自分と女房子供は相州屋に戻ってい
た。そうなると盗賊に襲われていたかもしれない。化け物退治の先生はそれを見越して、わざ
と嘘をついたのだ」という考えに至ったらしい。酒はそのお礼だ。
盗賊は掛け軸を狙っていたのだから、それがなければそもそも押し入られることはないわけ
で、色々と間違った考えだと伊勢次は思った。しかしそれによって文七郎の名誉が挽回された
ので、特に口を挟むことはなく、遠慮せずに酒を受け取った。
「まったく、俺は甘いものが駄目なんだよ。せっかくだから食うが」
文七郎は文句を言いながら羊羹を口に運んだ。
「ほら、苦いだろう。これだから甘い物は……ああ？」
どういうことだ、と言って文七郎は再び羊羹を齧った。舌の上で転がすように味わってから、
物凄く渋い顔でごくりと飲み込んだ。
「じじぃのやつ、俺を見限って成仏したのかと思っていたのに……」
どうやら羊羹の味が変わっていたらしい。
伊勢次が聞いたところによると、文七郎の元へ十右衛門の幽霊が姿を見せたのは、亀田屋で
吾作たちに会った日が最後らしかった。相変わらず左五平は出続けているので、伊勢次は羨ま
しいと思っていた。
しかし文七郎は今また十右衛門の幽霊に呼び出されているらしい。お化け仲間が消えなくて

良かったと、伊勢次は胸を撫で下ろした。

「……よし、俺の手でじじぃをやっつけることができるな。すぐに消えやがるから刀で斬るのは難しいが、奥の手も考えてあることだし」

文七郎が顔を歪めながら呟いた。悪そうな顔をしている。何やら良からぬことを考えているらしい。

「武井様……奥の手とは？」

「うちの仏壇を日野屋に売り付けるんだ。やつは曰くのある不気味な道具を祀るのが好きだという話だからな。それなら、とびっきりの悪霊であるうちのじじぃの仏壇を欲しがるはずだ」

「いや、それはさすがにどうかと……」

「金も手に入って一挙両得だ。そうだ、ついでにお前のところの仏壇も持っていってやろう。どこかで大八車を借りてくるとするか」

文七郎は素早く土間の方へ移り、履物を突っかけて戸口から出ていった。伊勢次が呆然としている間に、その姿が小さくなっていく。近くの百姓家にでも行くつもりだろう。

「……止めた方がいいんじゃありませんか」

吾作の言葉に伊勢次は我に返った。当然、止めなければならない。祖父の左五平が可哀想だというのもあるが、それより仏壇を売り払ったなんてことになったら、店の者にどう思われるか分かったものじゃないからだ。勘当で済んだらまだましで、下手をしたら伊勢次が生まれる前から伊勢屋にいる番頭に「先代の旦那様に申しわけがない」とか言われて刺し殺されかねない。

「武井様、お待ちください」

伊勢次は裸足のまま庭へ飛び出し、慌てて文七郎を追いかけ始めた。

この作品はフィクションです。実在の人物、
団体、事件などには関係ありません。

本書は書き下ろし作品です。

悪霊《あくりょう》じいちゃん風雲録《ふううんろく》

二〇二〇年七月 二十 日 印刷
二〇二〇年七月二十五日 発行

著 者 輪渡《わたり》颯介《そうすけ》

発行者 早川 浩

発行所 株式会社 早川書房

郵便番号 一〇一 - 〇〇四六
東京都千代田区神田多町二ノ二
電話 〇三 - 三二五二 - 三一一一
振替 〇〇一六〇 - 三 - 四七七九九
https://www.hayakawa-online.co.jp

定価はカバーに表示してあります

印刷・製本／中央精版印刷株式会社

ISBN978-4-15-209958-7 C0093

乱丁・落丁本は小社制作部宛お送り下さい。
送料小社負担にてお取りかえいたします。

戯作屋伴内捕物ばなし

稲葉一広

町娘がかまいたちに喉笛切られて死んじまった！――金と女にだらしないが、口先と頭は冴えまくる戯作屋・伴内のところには今日も怪事が持ち込まれる。空飛ぶ幽霊、産女のかどわかし、くびれ鬼による呪い死に……江戸中の怪奇を、鮮やかに解き明かしてみせる。妖の正体見たり、枯尾花！　奇妙奇天烈捕物ばなし。

六《ろく》莫《ば》迦《か》記《き》
これが本所《ほんじょ》の穀《ごく》潰《つぶ》し

新美 健

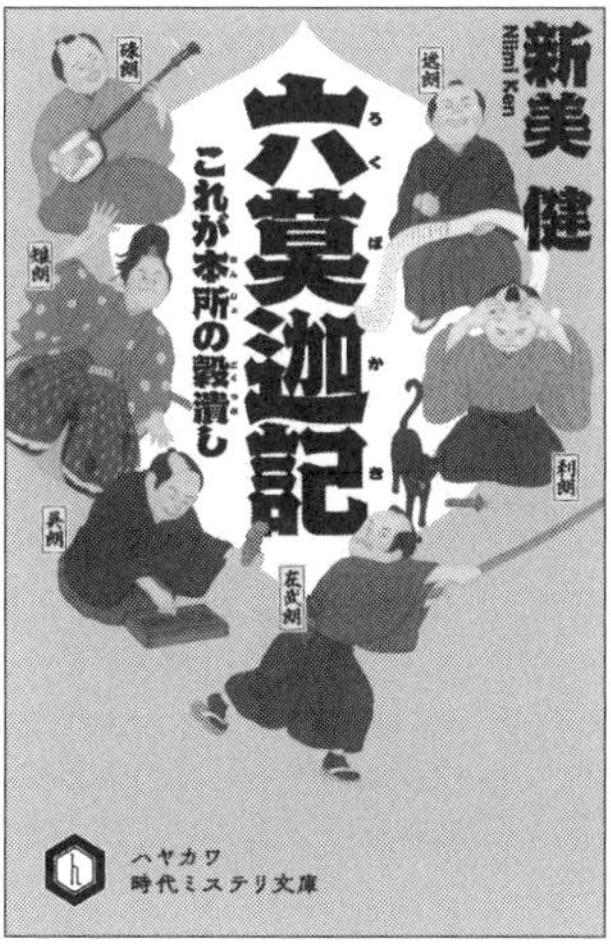

小普請組の葛木家の六ツ子は、そろいもそろって大莫迦者ばかり——戯作莫迦、傾奇莫迦、撃剣莫迦、葉隠莫迦、守銭奴莫迦、町人かぶれ莫迦。そんな様子にたまりかねた父は、長子にかぎらず最も優れた（ましな）ものに家督を継がせると宣言し、残りは牢に閉じ込めると！　てんやわんやしすぎの笑劇騒動時代小説！

陰《かげ》仕《づか》え
石川紋四郎

冬月剣太郎

「公儀の敵をやむなく斬って始末する」薄毛の剣士・紋四郎は、己の酷薄な役割に苦悩する。そんな折、江戸で次々と起こる読売殺し——世間を騒がす下手人の手掛かりを探すことに。紋四郎は勇んで探索するも、なんと好奇心に富みすぎる妻さくらが自分も手伝うと言い出すから気苦労が増え……おしどり夫婦事件帖。